3인칭
관찰자
시점

제14회
세계문학상
우수상

3인칭
관찰자
시점

조경아 장편소설

나무옆의자

차례

#01
도팔의 시점

"저, 저기요, 잠시만요!"

성큼성큼 앞으로 걸어가던 남자를 기어코 불러 세웠다. 쌩까고 가버리면 어쩌나 걱정했는데 다행히 남자가 뒤를 돌아봤다. 됐어! 걸음을 멈췄다면 반은 성공한 거야! 설레발도 잠시, 남자와 눈이 마주치자마자 나는 말문이 막혀버렸다. 약간 쪽팔린 일이지만, 나를 쳐다보는 남자의 눈빛이 예사롭지 않았기 때문이다. 남자는 머리부터 발끝까지 새까만 옷을 입고 까만 목도리로 얼굴의 반을 가리고 있었지만, 섬뜩한 눈빛만은 감추지 못했다. 내가 또, 사람을 잘못 고른 건가?

"저, 말입니까?"

"아, 네! 너무 귀한 상을 가지고 계셔서요. 그냥 지나칠 수가 없었습니다."

기왕 이렇게 된 거 미친 척하고 내가 지을 수 있는 가장 선한 미소를 지었다. 하지만 까만 옷을 입은 남자는 이상한 눈초리로 나를 노려볼 뿐이다. 민망함이 귓불까지 차올랐다. 혹시 내 억지미소가 부담스러웠나? 그러고 보니 남자의 얼굴이 내 미소보다 백배는 부담스러워 보였다. 얼굴을 다 드러내지는 않았지만, 남자의 상판대기는 누가 봐도 훌륭했다. 훤칠한 데다 얼굴은 화장을 한 여자처럼 뽀얗고 이목구비도 뚜렷했다. 아니, 그냥 잘생겼다고 하기엔 성이 차지 않았다. 얼굴에 귀티가 흐른다고 하면 될까? 자연스럽게 이마를 덮은 머리카락은 바람에 날릴 때마다 보기 좋게 찰랑거렸고 윤기까지 좌르륵 흘렀다. 내가 여자였다면, 한눈에 반했을지도 모르겠다. 하지만 남자의 낯짝은 어딘가 모르게 기분 나빴다. 쌍꺼풀이 없어도 커 보이는 눈매 덕분에 얼핏 선해 보였지만, 눈동자가 유난히 검고 깊어서 사람을 오싹하게 만드는 구석이 분명 있었다. 더군다나 까만 바지와 까만 롱코트 차림에, 까만 목도리까지 뱀처럼 칭칭 감고 있으니 저승사자 같은 느낌도 들었다. 그렇다고 여기서 그냥 물러설 내가 아니었다. 다시 아랫배에 힘을 주고, 그동안 갈고 닦았던 고단수 구라들을 속사포처럼 쏟아냈다.

"얼굴에는 귀티가 흐르고 타고난 재복이 있어 세상에 아쉬울 것 없는 관상을 가지고 계십니다. 처복도 많아서 그런 기운으로 가계가 크게 번성하고, 자식들까지 부귀영화를 누릴 관상이십니다. 그런데 지금, 그 좋은 기운을 훼방하는 액운이 당신을 가로막고 있습니다. 아마도 조상님 중에 노하신 분이 계신 것 같은데……."

매뉴얼대로 신나게 말을 이어가다 그만 말문이 막혔다. 까만 옷을 입은 남자가 나를 너무 뚫어져라 쳐다보고 있었기 때문이다. 침이 꼴깍 넘어갔다. 그러자 싸늘해 보였던 남자가 갑자기 피식 웃었다. 왜 웃지? 기분 더럽게. 그사이 남자는 천천히 까만 목도리를 풀어 내렸다. 붕대처럼 꽁꽁 묶여 있던 까만 목도리가 맥없이 흘러내리면서 남자의 목 아래로 눈부시게 하얀 칼라가 보였다. 까만 옷을 입은 이 남자는 성당에나 가야 만날 수 있는 신부였던 것이다. 그제야 나는 상대가 왜 웃었는지 이유를 알았다. 부끄러움이 온몸을 감싸고 순간 무거운 침묵이 흘렀다. 젠장, 이럴 땐 어떻게 해야 하는지, 왜 매뉴얼엔 없는 거냐고!

"저를 좋게 봐주셔서 감사합니다. 제가 평소에도 사제를 하기엔 너무 아까운 얼굴이라는 말을 자주 듣는 편이긴 합니다. 근데 관상을 보신다면서 제가 사제가 될 상인지는 미처 모르셨나 봅니다."

할 말이 없었다. 그저 멍하니 남자의 요상한 얼굴을 쳐다보고 있을 뿐이다. 사제는 다시 까만 목도리를 칭칭 감으며 말했다.

"어쨌든 반갑습니다. 이 동네 사시는 분이죠? 저는 이번에 심해성당에 새로 부임한 디모테오 신부라고 합니다. 관상까지는 아니더라도 제가 사람은 좀 보는 편인데, 아무래도 형제님은 이런 일로 대성하실 분은 아닌 것 같습니다. 아니, 어쩌면 이런 일을 계속 하시다간 감옥에 가실 수도 있겠어요. 그러니 부디 다른 일을 찾아보세요. 혹시 도움이 필요하시면, 심해성당에 오셔서 저 디모테오를 찾아주세요. 어떻게든 도움을 드리겠습니다."

그러고는 손을 내밀어 악수를 청했다. 얼떨결에 악수를 하고 나니, 신부는 정말 바람처럼 내 앞에서 사라졌다. 그의 말대로 나는 이런 방면으론 재능이 없는지도 모르겠다. 벌써 며칠째 실적을 올리지 못하고 있었기 때문이다. 갑자기 줄담배를 피우고 난 사람처럼 가슴이 답답해졌다.

사실 이런 일을 할 때도 나름 금기시하는 일들이 있었다. 무엇보다 예수쟁이들에게 작업을 거는 일이 그렇다. 예수쟁이들은 기가 세고, 신앙에 대한 집착과 자존감이 높아서 나 같은 사람을 만나면 오히려 전도하려 들었다. 그런데 예수쟁이 중에서도 최고봉이라 할 수 있는 신부를 고르다니! 어쨌든 아침부터 이 모양이니 오늘은 재수가 더럽게도 없는 날이다.

불안하고 초조한 마음에 한참을 버스터미널 주변에서 이리저리 어슬렁거렸다. 차가운 바람이 온몸에 스며들어 코끝까지 냉기가 가득 찼다. 마음만큼 고단해진 몸을 달래기 위해 따뜻한 실내 대합실로 들어서려는 순간, 갑자기 번쩍 눈앞에 번개가 쳤다. 정신을 차리고 보니 누군가와 부딪친 것이었다. 엄청나게 아팠다. 겨우 고개를 들고 보니 까만 패딩을 입은 놈이 얼굴을 감싼 채 주저앉아 있었다. 내 입에서 여과되지 않은 욕지거리가 막무가내로 튀어나왔다. 그러자 주저앉아 있던 놈이 천천히 일어났다. 찰나의 순간, 나는 두 번이나 놀랐다. 놈의 커다란 덩치에 한 번 놀라고, 험상궂은 얼굴에 두 번 놀란 것이다. 거기다 놈의 머리는 머리털이 하나도 보이지 않는 빡빡머리였다. 그러니까 놈의 생김새를 종합해보면, 십중팔구 조폭이라는 결론이 나왔다. 놈의 오른쪽 이마에는 칼로 베인 것 같은 상처까지 보였다. 한마디로 나는 끝장이 난 것이다.

"아이고, 죄송합니다. 제가 마음이 급해서 그만."

조폭, 아니 까만 패딩을 입은 이 무지막지한 놈이 갑자기 내게 사과를 했다. 이게 뭐지? 좀처럼 이 상황이 믿기지 않았다.

"혹시, 많이 다치셨나요? 아이고, 말씀도 제대로 못 하시네요. 아무래도 병원에 가보셔야 할 것 같은데."

"아, 아뇨. 괜찮습니다."

"진짜요? 근데 이마가 빨개지셨어요. 아무래도 병원에 가보셔야 할 것 같은데…… 어쩌죠? 제가 지금은 급한 볼일이 있어서 함께 병원에 가지는 못할 것 같거든요. 일단 제 연락처를 드릴게요. 지금 바로 병원에 가셔서 검사를 받아보시고 저한테 연락을 주세요. 그럼 제가 치료비를 준비해서 병원으로 달려가겠습니다."

"아니, 그러실 필요가……."

"아뇨, 그래야 마음이 놓일 것 같아서요. 그러니까 병원 가시면 꼭 저한테 연락을 주세요! 아셨죠? 꼭이요!"

까만 패딩을 입은 놈이 신신당부를 하며 성경책을 내밀어서 나는 엉겁결에 받아 들었다. 그러자 놈이 친절하게 성경책 표지 안쪽을 열어 무언가를 보여주었다.

심해성당 제1보좌신부 베드로 ×××-××××-××××

험상궂지만 친절하고 자상한 놈의 얼굴을 다시 한 번 올려다보았다. 그러자 놈이 어울리지 않는 미소를 지으며 패딩 안에 숨어 있는 하얀 칼라를 보여주었다. 아까보다 약 열일곱 배 정도 놀라는 사이, 빵빵한 타이어 같은 검정 패딩을 입은 신부 놈은 멍해질 때로 멍해진 나를 터미널에 혼자 남겨두고 바람처럼 사라졌다.

#02
베드로의 시점

터미널에서 어떤 남자분과 부딪혔던 자리가 발걸음을 옮길 때마다 욱신거렸다. 내가 이 정도인데 그분은 얼마나 아플까? 병원엔 가셨겠지? 아, 병원에 같이 갔어야 했나? 머릿속엔 복잡한 생각들이 가득했지만, 나는 바쁜 걸음을 멈출 수가 없었다. 테오가 지금 심해성당으로 향하고 있기 때문이다. 테오가 사제 서품을 받고 심해성당으로 오게 되었다는 소식을 듣고 얼마나 기뻤는지 모른다. 할렐루야! 반가운 마음에 한걸음에 터미널까지 마중을 나갔지만, 테오와 길이 엇갈리고 말았다. 아마도 테오가 탄 버스가 예정보다 조금 일찍 도착한 모양이다. 숨이 차올라 죽을 것 같았지만, 가슴만은 기쁨으로 가득하고 설렜다. 사제가 된 테오를 누구보다 먼저 환영해주고 싶었다.

테오와 나는 어린 시절 성당 고아원에서 자랐다. 생김새부터 성격까지 무엇 하나 비슷한 구석이라곤 없는 녀석이었지만, 내게 테오는 친구 이상의 존재였다. 어쩌면 테오는 세상에서 내가 유일하게 믿고 의지할 수 있는 사람일지도 모르겠다. 하지만 이상하게 테오를 아는 사람들은 다들 그렇게 생각하지 않았다. 반듯한 외모와 달리 테오의 말과 행동에는 다듬어지지 않은 돌 조각처럼 각지고 날카로운 구석이 많았기 때문이다.

"하하하, 테오야, 정말 잘 왔다. 아니 이제 디모테오 신부님이라고 불러야 하나?"

반가운 마음에 테오를 보자마자 덥석 안으려 했다. 하지만 테오는 민망했는지 살짝 몸을 피해 저만치 서 있는 유스티노 주임신부님에게 달려갔다.

"안녕하십니까? 유스티노 신부님! 이번에 사제 서품을 받고 심해 성당에 부임한 디모테오라고 합니다."

"네, 잘 알고 있습니다. 그럼, 수고해주세요."

내가 다 민망할 정도로 유스티노 신부님은 데면데면했다. 테오는 유스티노 신부님의 반응에 개의치 않는 것처럼 보였다. 자주 겪는 일이라는 식이랄까. 하지만 나는 알았다. 유스티노 신부님의 그런 행동들이 테오의 깊은 상처를 헤집는 일이라는 것을. 그때, 갑자기 한쪽 구석에서 '펑' 하는 소리가 들렸다. 폭죽 소리였다. 그제야 나는 깜빡 잊어버린 사실을 기억해냈다. 사실은 성당 청소년 성도들과 함께 디모테오의 깜짝 환영회를 준비해두었다. 폭죽 터뜨리기 순서도 있었지만 그렇다고 이런 애매한 순간에 터뜨릴 생각은 아니었다. 누군가 실수로 폭죽을 터뜨렸다고 생각하며 소리가 난 방향을 이리저리 둘러보았다. 본당 계단 아래쪽에 요셉이 폭죽 껍데기를 들고 우두커니 서 있는 것이 보였다. 오늘은 여러 가지로 타이밍이 좋지 않은 모양이다. 어쩔 수 없이 나는 구석구석에 숨어 있던 성당 아이들에게 그만 나오라는 신호를 보냈다. 평소 테오의 까칠한 성격을 잘 알고 있던 터라, 테오가 축하도 받지 않고 어디론가 사라져버릴까 봐 내심 불안했기 때문이다.

다행히 숨어 있던 성당 아이들이 나타나자 테오는 굳은 얼굴을 풀고 반갑게 인사했다. 이제 테오도 못마땅한 상황에서도 웃어넘기는 아량이 생긴 것일까? 제법 능숙하게 대처하는 테오가 낯설기도 했지만, 마음은 놓였다.

"환영합니다, 디모테오 신부님!"

"찬미 예수님! 이렇게 격하게 환영해주시다니. 너무 감사해서 하마터면 졸도할 뻔했네요."

"하하하, 나도 놀랐지 뭐야. 그래도 네가 이해해라. 우리 요셉이 실수로 폭죽을 터뜨렸나 봐! 사실, 지금이 터뜨려야 할 타이밍인데 말이야."

다시 한 번 손짓을 하자, 그제야 성당 아이들은 준비했던 폭죽을 하나둘씩 터뜨렸다. 물론 분위기는 썰렁했다. 테오는 폭죽 소리에 한쪽 눈을 찡그리면서도 계속 저만치 떨어져 있는 요셉을 쳐다봤다. 요셉 역시 테오를 빤히 쳐다봤다. 테오가 갑자기 요셉에게 성큼성큼 다가갔다. 왜 그러지? 불안한 마음에 테오 뒤를 따라갔다. 요셉 바로 앞에 선 테오가 고개를 숙이며 요셉의 귓가에 대고 속삭이듯 말했다.

"깜짝 선물 고마워. 근데 창의성이 별로 없어 보이네. 다음에는 더 화끈한 걸로 부탁한다."

가슴이 철렁 내려앉았다. 테오의 까칠한 말버릇은 여전했다. 그래도 그렇지 아이 앞에서 무서운 얼굴로 저런 말을 하다니! 나는 요셉이 테오의 말을 듣고 울어버릴까 하여 조마조마했다. 다행히 요셉도 만만치 않은 녀석이었다. 오히려 피식 웃으며 주먹 쥔 손을 테오에게 불쑥 내밀었다. 설마 선물인가? 테오가 받으려고 손을 내밀자, 요셉이 테오의 손바닥에 무언가를 살포시 올려놓았다. 맙소사! 폭죽 터뜨리고 남은 껍질이었다. 테오와 내가 놀라는 사이, 요셉은 어느새 저만치 달아나 버렸다. 테오는 기가 막힌 표정을 지었다. 혹시나 열 받은 테오가 요셉을 쫓아갈까 봐 팔을 벌려 테오를 힘껏 껴안았다. 맹랑한 요셉 덕분에 나는 테오와 오랜만에 온몸으로 우정을 확인했다.

항상 함께했기 때문에 테오와 내가 서로를 속속들이 다 알 거라고 생각하겠지만, 오히려 이해할 수 없는 부분도 많았다. 친밀해 보이는 사람들이 흔히 그렇듯이. 20년 가까이 테오를 곁에서 지켜봤지만, 사실 나는 테오가 어떤 사람인지 아직도 잘 모르겠다. 그렇다고 테오를 믿지 못하는 것은 아니다. 나도 나를 모르겠는데, 다른 누군가를 어떻게 알 수 있을까? 어쩌면 그렇기 때문에 테오와 나는 어느 정도 거리를 유지하며 친밀한 관계를 유지할 수 있었는지도 모르겠다.

겉으로 보기에 테오는 말이 별로 없고 감정이 얼굴에 잘 드러나지 않는 사람이다. 반면에 나는 감정이 풍부하고 말이 많아서 조금은 부산스럽다는 말을 듣는다. 사실 우리 두 사람은 외모부터 말투, 그리고 성격까지 완전히 다른 편이다. 하지만 진짜 우정은 다르다는 이유로 쉽게 변하거나 퇴색되지 않는다. 어쩌면 서로 너무 다르기 때문에 각자 모자란 부분을 보완해줄 수 있는지도 모르겠다. 그런 우리 두 사람을 보며, 안나 수녀님은 흑과 백이 분명한 바둑알 같은 사이라고 했다. 상반된 흑과 백으로 이루어진 바둑알처럼 확연히 다르지만, 함께할 때 비로소 의미를 이룬다는 말이다. 하지만 학교 친구들은 우리 두 사람의 관계를 그리 좋게 보지 않았다. 건방지고 독선적으로 보이는 테오가 물러빠진 나를 이용하고 있는 거라고 생각했다. 그래서 테오가 신학교에 들어갔을 때도, 친구들은 테오가 나를 이용해먹으려고 나를 따라 신학생이 되었다고 수군거렸다. 하지만 먼저 사제가 되기로 한 사람은 내가 아니라 테오였다. 그러니까 친구 따라 강남 간 사람은 테오가 아니라 바로 나였다.

하지만 이렇게 특별한 우리 인연이 처음부터 아름다웠던 것은 아니다. 절대 기억하고 싶지 않은 끔찍한 살인 사건에서 비롯되었기 때문이다. 이로 인해 우리는 가장 소중한 사람을 잃었고, 친구가 되었고, 사제가 되었다.

"근데 아까 그 꼬마 말이야. 좀 이상하지 않았냐?"

"아, 요셉? 조금 당돌한 구석이 있는 아이지. 네가 이해 좀 해줘라. 요셉은 어머니도 안 계시고, 얼마 전엔 어린 동생도 잃었거든. 그래서 사춘기가 좀 일찍 찾아왔나 봐."

"글쎄, 내가 보기엔 뭔가 다른 문제가 있어 보였는데?"

"그, 그래? 흠, 사실 좀 이상한 구석이 있기는 해. 요셉이 성당은 꼬박꼬박 나오면서 이상하게 세례는 받으려고 하질 않거든."

테오가 사제 서품을 받고 심해성당에 부임한 첫날, 사제관에서 나눈 대화는 이렇게 재미없는 이야기뿐이었다. 사실, 나는 테오의 부임 파티를 멋지게 해주고 싶었다. 환영식도 보기 좋게 망쳤으니 더욱 그랬다. 그래서 비상용으로 아껴 먹던 소주와 마른안주들을 주섬주섬 꺼내놓았다. 예전의 테오 같았으면 질색을 했을 텐데, 다행히 오늘은 아무 소리도 하지 않았다. 가만 보니, 테오는 자신의 부임을 축하하는 조촐한 행사보다 오늘 처음 본 요셉에 대해 더 신경을 쓰고 있었다. 어쩌면 요셉의 예사롭지 않은 면이 테오 자신과 닮았다고 생각하는지도 모르겠다. 하지만 나는 지금 요셉에게 신경 쓰는 테오가 더 신경 쓰였다. 제발 오늘 같은 날은 테오가 아무 걱정 없이 마음 편하게 새출발을 기뻐할 수 있으면 좋겠다. 테오가 사제 서품을 받고 사제가 되기까지 얼마나 힘든 시간을 보냈는지 누구보다 잘 알고 있기 때문이다.

#03
레아의 시점

"디모테오 신부님, 인간적으로 너무 잘생기지 않았냐? 어떨 때 보면 만화 속에서 막 걸어 나온 사람 같다니까."

"그러게, 웬만한 연예인 뺨치게 생겼어. 근데 좀 이상한 점도 있지 않아?"

"뭐가?"

"보통 신부님들 같지 않잖아. 뭔가 되게 차갑고 냉정해 보인다고 할까?"

"난 그래서 더 매력적이고 신비스러운 것 같은데?"

"하긴, 베드로 신부님과는 완전 다른 매력이 있지?"

"푸하하하! 내 말이!"

"씨발, 시끄러워 잠을 잘 수가 없네. 야! 주둥아리 그만 털고, 이제 그만 꺼져!"

내 깜찍한 입담에 성당 벤치에서 수다를 떨던 계집애들이 화들짝 놀라 일어섰다. 그래, 니들이 그래야 인간이지. 나는 계집애들 보란 듯이 계단 구석에서 천천히 몸을 일으켰다. 계집애들은 나를 보자마자 두말 않고 바로 그 자리를 떠났다. 그제야 나는 다시 평온을 찾고 계단 구석에 털썩 누웠다. 물론, 정말 잠을 자려고 누운 것은 아니다. 사실 나는 지금 계집애들이 재잘거리고 있는 대상인 디모테오 신부를 기다리고 있었다. 벌써 두 시간째 기다렸지만, 기도실에 들어간 디모테오 신부는 좀처럼 나타나지 않았다. 도대체 어떻게 두 시간 동안이나 기도를 하는 걸까? 짜증이 생리통처럼 온몸에 퍼져 자꾸만 욕지거리가 튀어나왔다.

나는 학교에서건 성당에서건 아무도 건드리지 못하는 꼴통 중의 꼴통이었다. 덕분에 학교에서 알 만한 짱들도 나를 함부로 건드리지 못했다. 그렇다고 내가 싸움을 잘하거나 폭력적인 면이 있는 것은 아니다. 나는 그저 학생으로서 생각하기 힘든 부적절한 행동들을 아무 거리낌 없이 저지를 수 있을 뿐이다. 사실, 지금도 경찰서에 여러 번 드나들었다는 이유로 학교에서 무기정학을 당한 상태이다. 그나마 퇴학이 아니라 다행이라 생각했는데, 엄마 아빠는 그렇게 생각하지 않았다. 그들은 더 이상 나를 통제할 방법을 찾지 못하겠다는 이유로 자식을 신경정신과병원으로 보내버렸다. 물론, 신경정신과병원이란 데도 자주 드나들다 보니 그리 나쁘지 않았다. 말로 나를 이겨보겠다고 이리저리 머리 굴리는 의사 쌤이 좀 거슬리긴 했지만, 대체로 내가 하고 싶은 말은 지껄일 수 있었다. 내 담당 의사 쌤은 마 교수라고 불리는 꼰대 아저씨였다. 처음엔 엄마랑 같은 성당에 다닌 다고 해서 답답할 줄 알았는데 의외로 말이 잘 통했다. 그렇게 한참 동안 마쌤에게 이런저런 말을 떠벌렸더니, 마쌤은 대뜸 나를 '품행 장애'라고 진단해버렸다. 나는 마쌤의 진단명을 듣자마자 웃음을 터 뜨렸다. 나는 품행에 장애가 있는 사람이 아니라 품행을 하는 데 장 애가 될 것이 없는 사람이기 때문이다. 하지만 진단명을 듣고 사색 이 된 엄마 아빠는 내 행동반경을 집, 성당, 그리고 마쌤이 있는 병원 으로 제한해버렸다. 물론 나는 평소보다 더 과하게 지랄을 했지만, 꼰 대들은 규칙을 어기면 나를 정신과병원에 영구 입원시켜버릴 거라고 협박했다. 어쩔 수 없이 나는 징그러운 꼰대들의 뜻에 따라 한 달 넘 게 답답하고 지루한 생활을 해야 했다. 그렇게 수용소 생활과 다름없 었던 내 답답한 일상에 어느 날 갑자기 디모테오 신부가 짠 하고 나 타났다. 물론 그를 보자마자 나는 첫눈에 반했다. 내게 그런 소녀 같 은 구석이 있었나 싶을 정도로, 나는 신부에게 뻑가고 말았다. 문제는 나뿐만이 아니라 성당에 다니는 계집애들도 마찬가지라는 점이다.

기도실 쪽에서 웅성거리는 소리가 들렸다. 분명, 디모테오 신부가 기도실에서 나온 것이다. 나는 자리에서 벌떡 일어나 바로 기도실 앞으로 달려갔다. 어김없이 디모테오 신부 주변에는 계집애들이 한 무더기 몰려 있었다. 계집애들은 디모테오 신부에게 성서 관련 질문 을 한다는 핑계로 졸졸 따라다녔다. 그 꼴을 코앞에서 보고 있자니 다시 부글부글 화가 치밀어 올랐다. 계집애들은 그런 내 마음을 아 는지 모르는지 디모테오 신부가 대답을 할 때마다 까르르 웃었다.

도저히 이런 분위기를 참고 견딜 수가 없었다. 그래서 계집애들 무리에 불쑥 끼어들었다.

"디모테오 신부님! 저도 궁금한 게 있는데요!"

"아, 네. 그런데 이름이?"

"레아, 레아요."

"그래요. 레아 자매님! 말씀해보세요."

"혹시, 신부님은 키스를 해보셨나요?"

내 거침없고 당돌한 질문에 주변에 있던 계집애들의 얼굴이 빈 우유팩처럼 구겨졌다. 덕분에 기분이 한결 좋아졌다. 숨 막히는 정적을 타고 콧노래까지 나올 기세였다. 이제, 어쩔 거냐고? 이렇게 의미심장한 표정을 지으며 디모테오 신부를 뚫어지게 노려봤다. 하지만 정작 디모테오 신부의 표정에는 변화가 없었다. 그저 물끄러미 나를 쳐다볼 뿐이다. 그러자 이번엔 내가 민망해졌다. 이제 어떻게 해야하지? 디모테오 신부의 관심을 끄는 데는 성공했지만, 이런 분위기를 어떻게 받아들여야 할지 몰라 당황스러웠다. 그렇다고 이대로 물러설 수는 없었다. 다시 눈을 치켜뜨며 디모테오 신부에게 바짝 다가섰다. 그리고 귓가에 이렇게 속삭였다.

"키스를 아직 못 해보셨으면, 저하고 해보는 건 어때요?"

강력한 한방이라 믿었다. 하지만 이번에도 디모테오 신부는 당황한 기색이 눈곱만큼도 없어 보였다. 오히려 내가 더 민망해서 몸 둘 바를 모르게 되었다. 그때, 디모테오 신부가 내게 바짝 다가섰다. 과감한 디모테오 신부의 행동에 놀랄 새도 없이, 내 귀에는 이런 속삭

임이 들려왔다.

"미안! 넌 내 스타일이 아니라서."

뜨거운 물을 뒤집어쓴 것처럼 얼굴이 화끈거렸다. 물론, 쪽팔림 때문만은 아니었다. 화가 치밀어 올랐다. 디모테오 신부는 내 얼굴을 보며 그림처럼 웃고는 아무렇지도 않게 다른 계집애들과 대화를 나누며 돌아섰다. 계집애들은 흔들림 없는 디모테오 신부의 모습에 안도하며, 내게 경멸의 눈빛을 투척했다. 어느새 디모테오 신부는 계집애 무리를 이끌고 성당 안으로 들어가 버렸다. 분통 터지는 광경을 멍하니 지켜보다가, 씹고 있던 껌처럼 상스러운 욕을 시원하게 내뱉었다. 하지만 좀처럼 기분이 나아지지 않았다. 다시 한 번 욕지거리를 내뱉으려는데, 성당 주차장에서 마쌤이 나를 빤히 쳐다보고 있는 것이 보였다. 씨발. 이번에야말로 쪽팔림이 머리 꼭대기에 올라앉았다. 틀림없이 조금 전 상황을 봤을 텐데, 마쌤은 아무렇지도 않은 양 내게 손을 흔들었다. 그러고는 자기 차에 얼른 타라는 손짓을 보냈다. 어제 못 다한 상담을 오늘 하자는 건가? 그것도 토요일 오후에? 나는 마쌤의 제안이 별로 맘에 들지 않았지만, 일단 받아들이기로 했다. 지금 이 민망하고 쪽팔린 순간에서 나를 구원해줄 사람이 간절히 필요했기 때문이다.

#04
요셉의 시점

드디어 미사가 끝났다. 항상 그렇듯이 아이들을 위한 미사인데 성당엔 아이들보다 부모들이 더 많았다. 나는 그게 참 싫었다. 그 부모들 중에는 우리 아빠도 있었기 때문이다. 어쨌든 미사가 끝났으니 빨리 집으로 가고 싶었다. 하지만 본당 입구는 아이들과 부모들이 뒤엉켜 있어 무척 복잡했다. 겨우 입구를 빠져나갔다 싶었을 무렵, 내 앞에 있던 아이가 갑자기 뒷걸음질을 치더니 내 발을 세게 밟았다. 발이 너무 아파 소리를 지르며, 그 아이의 등짝을 살짝 밀었다. 외마디 비명과 함께 그 아이가 앞으로 꼬꾸라졌다. 순간, 사람들의 시선이 나에게 한꺼번에 쏠렸다.

"어머, 비오야! 괜찮니?"

"으…… 아파."

내 발을 밟고 앞으로 넘어진 아이는 비오였다. 어떡하지? 사람들이 모두 나를 노려보고 있었다. 비오를 일으키자마자 비오 엄마가 눈썹을 치켜세우며 곧장 내게 달려들었다.

"요셉 맞지? 너, 왜 비오를 민 거니?"

"그게 아니라……."

"그게 아니라니? 여기 있는 사람들이 다 봤는데, 지금 아니라고 잡아떼는 거야?"

"일부러 민 게 아니라 비오가 갑자기 제 발을 밟아서……."

"뭐라고? 이걸 지금 변명이라고 하는 거야? 비오야, 네가 얘기해 봐. 정말 네가 요셉 발을 밟았어?"

얼굴이 벌게진 비오는 어안이 벙벙한지, 아니면 말하기가 싫은지 입을 꼭 다물고 있었다. 제발, 대답을 똑똑히 하라고! 나는 마음속으로 소리를 질렀다. 하지만 비오는 내 얼굴을 한 번 쳐다보더니 갑자기 울음을 터뜨렸다.

"이봐, 우리 비오는 안 그랬다고 하잖니? 그러니까 어서 사과해!"

"진짜예요. 전 비오에게 발을 밟혀서 살짝 민 것뿐이에요."

"지금 우리 비오가 발을 밟지 않았다고 하잖니! 어디서 자꾸 거짓말을 해? 어서, 사과하라니까?"

"비오가 저한테 먼저 사과해야 하는 거라고 생각해요. 그래야 저도 사과할 수 있어요."

"쪼그만 게 어디서 도끼눈을 뜨고 어른한테 대들어? 정말 사과 안할 거야?"

억울했다. 이 말도 안 되는 협박에 굴복하고 싶지도 않았다. 그래서 비오가 진실을 말하지 않는 한, 절대 사과하지 않겠다고 다짐했다. 하지만 비오 엄마는 내가 사과를 할 때까지 꼼짝 않고 서 있을 기세였다. 미치겠다. 그때, 저만치에서 아빠가 성큼성큼 다가오는 것이 보였다. 그 자리에서 나는 빳빳하게 굳어버렸다. 도망치고 싶었지만, 이상하게 몸이 움직이지 않았다. 갑자기 눈앞에서 번쩍 하고 번개가 쳤다. 사람들의 짧은 탄성도 들렸다. 그제야 나는 깨달았다. 아빠가 내 뺨을 사정없이 후려쳤다는 것을.

"이 악마 같은 자식! 당장 사과하지 못해?"

아빠는 2년 전부터 내게 그렇게 말했다. 이 악마 같은 자식! 어쩌면 나는 아빠의 말대로 진짜 악마가 되어가는지도 모르겠다. 너무 서럽고 억울해서 그런지 눈물도 나지 않았다. 오히려 눈알이 빠질 것처럼 아프고 화만 났다. 내 뺨을 후려치며 호통 치던 아빠가 지금은 비오와 비오 엄마에게 굽실거리며 사과를 하고 있었다. 미쳐버릴 것 같았다. 비오는 어느새 울음을 그치고 내 얼굴을 빤히 쳐다보고 있었다. 결코 미안한 표정은 아니었다. 그제야 알았다. 녀석은 지금 내게 엿을 먹이고 있는 것이다. 이렇게 될 줄 알았다면 저 녀석이 일어나지 못할 정도로 세게 밀어버렸을 것이다. 주먹이 불끈 쥐어졌다. 이번엔 진짜 녀석을 때려눕힐 수 있을 것도 같았다. 그때, 누군가성난 나의 머리에 살포시 손을 얹었다. 깜짝 놀라 힐끗 머리 위를 올려다보니, 까만 소맷자락이 보였다. 이 소맷자락을 따라 한참을 따라 올라가니 디모테오 신부님의 얼굴이 보였다.

"찬미 예수님! 비오 어머님, 그리고 요셉 아버님, 안녕하셨어요?"

"아이고, 신부님 정말 죄송합니다. 저희 아이 때문에 성스러운 성전 앞에서 괜한 소란을 피웠네요."

"신부님! 저희 비오한테 기도 좀 해주시겠어요? 지금 요셉 때문에 몸과 마음이 많이 다쳤거든요."

"아, 그래요? 어디 보자. 우리 비오는 괜찮은 것 같은데요? 오히려 우리 요셉이 좀 더 다친 것 같습니다만."

디모테오 신부님은 이렇게 말하며 갑자기 내 신발과 양말을 훌렁훌렁 벗겼다. 놀랍게도 내 발이 벌게져서 부어올라 있었다. 깜짝 놀랐다. 조금 아프기는 했지만, 이 정도로 부어 있을 거라고는 전혀 생각하지 못했다.

"보세요. 요셉은 없는 말을 한 게 아닙니다. 그러니까 요셉 아버님, 앞으로는 요셉의 말을 먼저 믿어주세요! 손찌검을 하거나 악마의 자식이라고 부르지도 마시고요. 요셉은 하느님의 귀한 아들이지 악마의 자식이 아닙니다. 그리고 비오 어머님? 비오는 아무 말도 하지 않았어요. 그러니 앞으로는 비오 말을 끝까지 들어주세요. 마지막으로 우리 비오! 울음 그쳤으니 이제 요셉한테 먼저 사과할 수 있겠니? 네가 사과하면 아마 요셉도 너한테 사과를 할 거야."

비오는 어쩔 수 없이 아주 심드렁한 표정으로 내게 사과라는 것을 했다. 별로 내키진 않았지만, 나 역시 비오에게 사과했다. 덕분에 사이다를 마신 것처럼 속이 시원해졌다. 아니, 그보다 디모테오 신부님에게 너무 고마웠다. 디모테오 신부님이 부임했던 첫날, 못된 장난을 쳤던 일이 후회될 정도로. 사실, 그날 나는 디모테오 신부님을 보고 왠지 모르게 친한 느낌을 받았다. 그래서 일부러 짓궂은 장난을 쳤던 것이다. 화가 나고 억울해도 소리치지 않고, 차분한 눈빛과 논리로 상대방을 설득하는 신부님이 왠지 멋져 보이기도 했다. 내가 알고 있던 어른들과는 많이 달라 보였기 때문이다. 하지만 그런 디모테오 신부님이라도 나같이 재수 없는 아이를 속속들이 알게 되면 외면하고 싶을 것이다. 결국, 나는 신부님에게 고맙다는 말 한마디 못 하고 자리를 피해 도망쳐버렸다.

##

또 일주일이 지났다. 나는 어김없이 아빠의 감시를 받으며 성당에 와 있다. 미사가 끝나고 아이들이 줄줄이 일어나 성당 밖으로 나가고 있었지만, 나는 그냥 앉아 있었다. 지난번과 같은 상황이 발생하는 것을 바라지 않았다. 눈을 감은 채 사방이 조용해지기를 기다렸다. 다행히, 내게 말을 건네는 사람은 한 명도 없었다. 어쩌면 당연한 일이었다. 아빠의 강요로 매주 미사에 참석은 하고 있지만, 나는 이미 성당 사람들에게 문제아로 소문이 나 있었다. 덕분에 친구도 거의 없었다. 처음에 호의를 보이던 친구들도 어디서 무슨 소리를 들었는지, 재수 없는 아이라며 나를 교묘하게 따돌렸다. 지난주, 내 발을 밟고 시치미 떼던 비오처럼. 어쩌면 사람들은 아빠의 말처럼 내가 악마의 자식이라는 사실을 알고 있는지도 모르겠다. 뭐 그렇다고 해도 상관없다. 오히려 이렇게 곁에 아무도 없는 것이 편할 때도 있으니까.

사방이 조용해졌다. 이제 나가 볼까? 살며시 눈을 떴다. 내 앞에 누군가가 서 있었다. 천천히 고개를 들어 올려 보니 디모테오 신부님의 얼굴이 보였다. 깜짝 놀랐지만, 놀라지 않은 것처럼 꾸벅 인사를 했다. 디모테오 신부님은 인사 대신 다친 발은 괜찮은지 물었다. 나는 괜찮다고 말하려다가 잠시 망설였다. 이제라도 고맙다는 말을 해야 할까? 이상했다. 마음과 다르게 그 말이 좀처럼 입 밖으로 나오지 않았다.

"인상 쓰지 말고, 고마울 땐 그냥 '고맙습니다' 하면 되는 거야."

디모테오 신부님은 그렇게 말하면서 내 머리를 쓰다듬었다. 하지만 여전히 나는 고맙다는 말을 할 수가 없었다. 울음이 터질 것 같았기 때문이다. 그래서 주머니에 있던 콜라맛 막대사탕을 꺼내 디모테오 신부님에게 불쑥 내밀었다. 디모테오 신부님은 어색하게 사탕을 받았지만, 다정하게 물었다.

"근데 요셉. 너 미사 때 영성체는 왜 받지 않는 거니?"

"아직 세례를 받지 않았거든요."

"그래? 근데 미사에는 꼬박꼬박 나오잖아."

"저 아직 열두 살이에요. 미사라도 드려야 집에서 안 쫓겨나죠."

"하긴. 그렇지. 그럼 세례도 그런 마음으로 받으면 되지 않을까?"

"아니요. 전 세례를 받을 수 없어요."

"이상하네. 받기 싫으면 싫은 거지, 받을 수 없다니 무슨 말이지?"

"받고 싶지도 않고, 받을 수도 없거든요."

"세례 받으면 아버지의 꾸중이 훨씬 줄어들지 않을까?"

"글쎄요. 과연 그럴까요?"

"그럴걸? 그렇게 말을 듣는 척하다가 또 수틀리면 사고 한 번 쳐주면 되고. 그렇게 부모님하고도 밀당을 할 줄 알아야 나중에 훌륭한 어른이 되는 거야."

"신부님 맞아요? 참 좋은 거 가르쳐주시네요."

"네가 아직 몰라서 그래. 어디서나 처신을 잘해야 살기가 편해지는 법이거든."

"그건 신부님도 잘 못하시는 것 같던데……."

"눈치는 있는 녀석이네. 근데 세례를 받을 수 없는 진짜 이유가 뭐야?"

다시 말문이 막혔다. 아직 내 입으로 말할 용기가 나지 않았다. 다행히 디모테오 신부님도 더 이상은 캐묻지 않았다. 그저 풀죽은 아이의 머리를 몇 번 쓰다듬어주실 뿐이었다. 그때, 베드로 신부님이 우리를 발견하고 뒤뚱거리며 걸어왔다.

"뭐야, 나 빼고 둘이서 사탕 먹고 있어? 야, 이거 너무 샘나는데?"

"죄송합니다. 사탕이 두 개 밖에 없었거든요."

"하하하! 괜찮아, 요셉! 근데 둘이 또 언제 이렇게 친해졌어? 처음엔 앙숙이더니."

"무슨 소리야? 우리가 언제 그랬다고."

"하하, 그래. 알콩달콩하니 보기 좋네. 근데 둘이 사탕 먹으면서 무슨 얘기 하고 있었어?"

"베드로가 살을 좀 뺐으면 좋겠다는 얘기."

"아, 진짜! 요셉이 그런 말을 할 리가 없잖아!"

"어, 진짠데요?"

"이것들이 정말!"

베드로 신부님이 갑자기 달려들어 간지럼을 태우기 시작했다. 덕분에 정말 오랜만에 웃음이 튀어나왔다. 베드로 신부님과 내가 서로 간지럼을 태우며 엉기는 모습을 흐뭇하게 바라보던 디모테오 신부님의 얼굴이 갑자기 굳어졌다. 디모테오 신부님의 시선을 따라가 보니, 성당 주차장에서 어떤 아저씨가 어떤 누나의 팔을 잡고 억지로 차에 태우고 있었다. 디모테오 신부님이 계속 주차장 쪽을 쳐다보자, 베드로 신부님은 묻지도 않았는데 대답을 해주셨다.

"마 교수님이라고 정신과 의사 선생님이야. 엄청 신실하시고, 고마운 분이지. 우리 성당 성도들은 거의 무료로 상담해주시거든. 아마 레아의 품행장애 치료도 맡고 계셔서 저러는 걸 거야. 근데 너 마 교수님 못 알아보겠냐?"

"내가 아는 사람이었나?"

"우리 어렸을 때, 저분한테 상담받은 적 있잖아!"

베드로 신부님 말에 디모테오 신부님의 얼굴이 아까보다 더 굳어졌다. 덕분에 내 얼굴도 굳어졌다. 디모테오 신부님의 얼굴이 너무 무서워 보였기 때문이다. 그날 처음 알았다. 얼굴 표정도 전염될 수 있다는 것을.

#05
유스티노의 시점

주일 11시 미사가 끝나고 성도들이 몰려나오는 시간이다. 나와 베드로, 디모테오는 집으로 돌아가는 성도들을 배웅하기 위해 성당 앞마당에 나란히 서 있었다. 성도들에게 악수를 청하거나 그동안 어떻게 지냈는지를 물으며 친밀감을 높이라는 교구의 권고 사항을 수행하기 위해서다. 삼종기도가 끝나자 성도들이 성당 밖으로 몰려나왔다. 이런 경우 대개 성도들은 사제들과 악수를 하거나 축복기도를 받기 위해 줄을 서게 되는데, 디모테오가 부임한 후에는 그런 성도들의 수가 부쩍 늘었다. 특히, 평소 그냥 지나치던 여자 신도들의 모습이 눈에 띄게 늘었다. 심기가 조금 불편했지만, 그런 기색을 드러내서는 안 된다. 그래서 나는 인자한 미소를 지으며 불편한 속마음을 꾹꾹 눌러두었다. 오늘도 마찬가지였다. 여자 성도들은 디모테오와 악수를 하고 나서 마치 연예인을 만난 소녀들처럼 호들갑을 떨며 기뻐했다. 덕분에 성도들의 줄이 좀처럼 줄어들지 않았다. 디모테오는 그런 상황이 민망했는지 잠시 뒤로 빠졌다. 그러고는 내게 다가와 급한 볼일이 있어 먼저 들어가 보겠다고 말했다. 나는 허락한다는 의미로 고개를 끄덕였다. 나의 신호를 알아들은 디모테오가 자리를 뜨려는 순간, 긴 줄 끝에 서 있던 한 소녀가 비명 지르듯 소리쳤다.

"디모테오 신부님, 어디 가세요? 신부님한테 꼭 축복기도 받고 싶어요!"

성당에서 특별 관리를 하고 있는 레아 자매였다. 레아 자매는 해맑은 얼굴로 묵주를 든 손을 연신 흔들었다. 역시나 불편하고 당황스러운 상황이었다. 디모테오도 마찬가지였을 것이다. 결국, 민망함을 참지 못하고 성당 안으로 들어간 것은 디모테오가 아니라 나였다.

집무실로 돌아와 뜨끈한 차를 내려 마셨다. 시간이 꽤 지났음에도 불구하고 마음이 여전히 불편했다. 좀 전에 벌어진 상황 때문만은 아니었다. 주임신부로서 그 정도는 웃어넘길 수 있는 일이었다. 다만, 새로 부임한 디모테오라는 존재 자체가 불편했다. 사실, 나는 디모테오를 사제로 인정하고 싶지 않은 사람 중 하나였다.

##

2년쯤 전, 학장님과 회의할 일이 있어서 신학교에 간 적이 있었다. 학장님과 볼일을 마치고 늦은 점심을 먹으려고 학교 식당에 들어섰다. 그런데 식당 조리실 근처에 몇몇 사람들이 몰려 있었다.

"그래서 제가 실제 식자재 물품과 구입 목록을 비교했던 겁니다. 그런데 구입 목록에 있는 물품이 실제로는 없거나, 수량이 부족한 경우가 태반이었습니다. 이런데도 계속 부인하시겠습니까?"

곱상하지만 왠지 차가워 보이는 부제 하나가 식복사에게 깐깐하게 무언가를 따지고 있었다. 이야기를 찬찬히 들어보니 식복사가 식자재 비용을 빼돌렸다는 얘기였다. 너무도 명백한 증거 앞에서 식복사는 급한 일이 생겨 먼저 돈을 쓰고 다시 돌려놓으려 했다며 용납될 리 없는 변명을 했다. 급기야 식복사는 부제에게 한 번만 눈감아달라고 사정하기 시작했다. 하지만 곱상한 부제는 꿈쩍하지 않았다. 오히려 몇 년에 걸쳐 일어났던 상습적인 일이라며, 절대 그냥 넘어갈 수 없다고 말했다. 덕분에 나와 함께 식당에 계시던 학장님도 그 사실을 모두 알게 되었다. 학장님이 다가가자 식복사는 기절할 것처럼 놀라더니 학장님 발밑에 엎드려 한 번만 용서해달라고 빌었다. 학장님이 난감해하자, 그 부제는 이대로 묻을 수 없는 일이라며 경찰에 신고해야 한다고 주장했다. 학장님과 나는 서로 얼굴을 쳐다보며 어쩔 줄 몰라 했다. 결국, 학장님은 교구에 이 사실을 알리고 교구 차원에서 처벌을 내리겠다고 말했다. 하지만 부제는 식복사가 어제 저녁에도 도박장에서 나오는 것을 봤다며, 교구의 처벌만 받게 되면 같은 일이 반복될 거라고 말했다. 부제의 단호한 눈빛에서 나는 범상치 않은 느낌을 받았는데 그가 바로 디모테오였다.

불행히도 문제는 거기서 끝나지 않았다. 다음 날, 문제의 식복사가 자신의 숙소에서 자살을 해버렸기 때문이다. 덕분에 신학교는 물론 교구 전체가 발칵 뒤집혔다. 교구에서는 우선 이 사실이 밖으로 새어 나가지 않도록 철저히 단속했다. 하지만 소문은 감추고 덮을수록 더 빠르게 번지는 법이다. 또한, 발 빠른 소문은 여러 사람을 거쳐 각색되고 윤색되면서 부제인 디모테오가 사정이 딱한 식복사를 무리하게 몰아붙여 이런 사달이 났다는 판정으로 굳어졌다. 결국, 식복사의 횡령 사건은 디모테오가 사제 자격이 있느냐 없느냐를 논하게 되는 사태로 이어졌다. 교구에서는 긴급회의가 열렸고, 그날 있었던 상황을 증언하기 위해 회의에 참석한 나는 믿을 수 없는 이야기를 들었다. 바로 디모테오의 끔찍한 과거에 대한 이야기였다.

디모테오는 사회적으로 엄청난 파장을 일으켰던 희대의 연쇄살인범 강치수의 아들이었다. 강치수는 서울 변두리 외딴 지역에 살면서 자기 집 지하에 감금 시설을 만들어놓고, 열 명도 넘는 여자와 아이들을 잔인하게 살해했다. 이 집에서 태어난 디모테오는 이 희대의 살인마와 12년이나 함께 살았고, 살아남았다. 무엇보다 놀라운 것은 디모테오가 자신의 어머니를 죽이고 달아난 강치수를 체포하는 데 일등 공신 역할을 했다는 것이다. 그러니까 디모테오의 아버지이자 극악무도한 살인마 강치수는 열두 살짜리 아들 때문에 죽을 때까지 교도소에서 세상 밖으로 나올 수 없게 되었다는 것이다. 그 얘기를 들으니 안 그래도 인상이 범상치 않았던 디모테오가 더욱 섬뜩하게 느껴졌다. 물론, 살인을 비롯해 온갖 악행을 저지른 사람은 디모테오가 아니라 그의 아버지 강치수였다. 하지만 그런 살인마로부터 자신을 보호하기 위해 열두 살 소년이 해낸 일들은 두려울 정도로 냉정하고 치밀했다. 마치, 살인마 강치수처럼.

결국, 교구는 디모테오의 사제 서품을 유보한다는 결정을 내렸다. 이는 식복사의 자살 사건 때문만은 아니었다. 사제 서품을 앞둔 디모테오가 살인마 강치수의 아들이라는 사실이 외부로 알려지는 것을 막기 위해서였다. 물론, 나 역시 교구의 결정에 전적으로 동의했다.

##

"똑똑똑!" 문 두드리는 소리가 들렸다.

"네, 들어오세요!"

디모테오가 문 앞에 서 있었다. 나는 깊은 한숨을 삼키며 디모테오를 맞이했다. 예상했던 대로 디모테오는 좀 전에 있었던 일에 대해 사과했다. 하지만 나는 더욱 심기가 뒤틀렸다.

"자네, 정말 나를 모욕할 셈인가?"

"아닙니다. 그럴 의도는 절대 없었습니다."

"사제가 성도들에게 인기가 많은 것은 교구 차원에서 무척 기뻐할 일이네. 그것을 아는 내가, 그만한 일로 기분이 상했으리라 생각했나? 그런 생각 자체가 나한텐 모욕이라는 사실을 정말 모른단 말인가?"

"죄송합니다. 제가 생각이 짧았습니다."

무거운 침묵이 흘렀다. 고개를 숙이고 내 처분만을 기다리고 서 있는 디모테오를 보고 있자니 더 기분이 나빠졌다. 결국, 나는 그동안 드러내지 못했던 속마음을 디모테오에게 내비치고 말았다.

"혹시, 내가 자네의 사제 서품을 마지막까지 반대했다는 것을 알고 있나?"

"네, 알고 있습니다."

"솔직히 말하면, 아직도 나는 자네가 사제가 될 만한 사람인지 확신을 못하고 있네. 이런 의심이 잘못이었음을 자네 행동으로 증명해주길 바라네. 내 말 무슨 뜻인지 알겠나?"

"네, 명심하겠습니다."

디모테오는 알고 있었다. 식복사 사건을 목격했던 나와 학장님이 자신의 사제 서품을 가장 강력하게 반대했다는 것을. 또한, 반대한 이유가 자신이 연쇄살인범 강치수의 아들이기 때문이라는 것을. 그럼에도 불구하고 디모테오는 사제의 길을 포기하지 않았다. 디모테오는 1년이 넘는 시간 동안 신학교에 남아 온갖 궂은일을 다 하며 끈질기게 버텨냈다. 디모테오의 그런 집요한 노력은 결국 교구를 움직였고 그토록 바라던 사제 서품을 받을 수 있게 만들었다. 하지만 나는 그런 디모테오의 집요함이 더 끔찍하게 여겨졌다. 한쪽 방향으로 굳어진 사람의 마음을 움직이기란 바다로 향하는 물줄기를 산으로 돌리는 것만큼이나 어려운 일이다. 오히려 잘해보려고 할수록 더 어긋나는 잘못된 퍼즐처럼.

#06
베드로의 시점

병자성사를 마치고 테오와 성당으로 돌아가는 길이었다. 큰길에서 좁은 길로 들어서자 둘이 함께 걷기가 힘들어졌다. 자연스럽게 테오와 나는 한 줄로 서서 걷게 되었다. 테오가 앞서고 내가 뒤를 따랐다. 덕분에 나는 정말 오랜만에 테오의 뒷모습을 지켜볼 수 있었다. 세상 혼자 사는 게 당연한 척하는 녀석이었지만, 테오의 뒷모습은 언제나 쓸쓸하고 고독해 보였다. 안나 수녀님이 그랬다. 사람의 진짜 모습을 보려면 뒷모습을 보면 된다고. 아닌 척했지만 그동안 테오는 누구보다 외롭고 힘들었을 것이다. 그토록 바라던 사제 서품을 앞두고 예상치 못한 사건에 휘말렸고, 결국 밝히거나 기억하고 싶지 않은 과거까지 들춰졌기 때문이다. 테오는 도대체 그 엄청난 일들을 어떻게 혼자 감당하는 걸까?

사실 테오는 누구보다 공명정대한 사람이다. 하지만 테오의 올곧

음은 사람들의 마음을 불편하게 만들었다. 말 많았던 식복사 사건도 그랬다. 테오는 평소 친하게 지내던 수녀님으로부터 신학교 식당 자재비에 문제가 있다는 말을 듣고는 은밀히 조사를 시작했던 것이다. 평소에 인정머리 없다는 평가를 받는 테오였지만, 비정상적이거나 불미스러운 일이 발생하면 절대 지나치지 않는 녀석이었다. 집요한 조사 끝에 테오는 식복사가 식자재 비용을 횡령하고 있다는 사실을 확인했다. 그래서 식복사를 직접 추궁할 수 있었던 것이다. 식복사가 경제적 어려움 때문이 아니라 도박할 자금을 마련하기 위해 상습적으로 횡령했다고 판단했던 테오는 이를 단순한 비리가 아닌 형사 사건으로 처리해야 한다고 주장했다. 그래야 식복사가 도박에서 손을 뗄 수 있을 거라 믿었기 때문이다. 물론, 그때까지만 해도 테오는 정의로운 영웅이었다. 하지만 식복사가 자살을 하면서 상황은 완전히 달라졌다. 식복사를 비난했던 이들의 손가락질이 모두 테오에게 쏠렸다. 덕분에 테오는 기억하고 싶지 않았던 과거까지 들추어져, 사람들의 비난을 한몸에 받는 신세가 되었다.

테오의 어두운 과거가 신학교 사람들에게 알려지기 전까지만 해도 테오는 교수님들의 전폭적인 지지를 받는 모범생이었다. 신학교 생활 7년 동안 한 번도 1등을 놓친 적이 없었고, 공부든 취미 활동이든 못하는 게 없는 팔방미인이었기 때문이다. 하지만 신학교 사람들은 이제 테오가 사제 자격이 없을지도 모른다고 의심하기 시작했다. 결국 테오는 사제 서품이 유보되는 최악의 상황에 내몰렸다. 이런 과정을 지켜봤던 나는 자존심이 강한 테오가 사제가 되는 것을 포기

할 거라 생각했다. 하지만 테오는 언제나 의외의 결론을 내렸다.

"걱정 마. 난 절대 포기 안 할 거야. 그러니까 ! 너라도 반드시 사제가 되어줘. 그래야 나를 도울 수 있잖아!"

테오는 오히려 나를 위로하고 독려했다. 덕분에 나는 테오의 바람대로 사제 서품을 받을 수 있었다. 물론 테오는 부제로 남아 선입견과 편견에 맞서 홀로 힘겨운 싸움을 해야 했다. 그런 테오를 위해 나는 테오의 스승이었던 주교님들을 찾아가 테오가 사제 서품을 받을 수 있게 해달라고 계속해서 청원했다. 테오를 위해 할 수 있는 일은 다 한 것이다. 결국, 테오의 처절한 노력은 교구의 결정을 바꾸었다. 덕분에 테오는 지금 나와 함께 이 길을 걷고 있는 것이다. 괜히 울컥했다. 그동안 묵묵히 잘 견뎌낸 테오가 오늘따라 더 고맙고 대견스러워 보였다. 그때, 먼저 걸어가던 테오가 갑자기 뒤를 돌아보며 내게 물었다.

"베드로, 우리 마트 들러서 간식 좀 사갈까?"

테오의 말에 나는 깜짝 놀랐다. 평소 테오는 간식을 별로 좋아하지 않았다. 하지만 나는 테오의 마음을 짐작할 수 있었다. 테오는 지금 요셉에게 줄 막대사탕을 사고 싶은 것이다. 어쨌든 좋은 생각이었다. 마침 찬장에 쟁여두었던 소주와 안주거리가 거의 다 떨어졌기 때문이다. 콧노래를 부르며 마트로 향했다. 마트에서 정신없이 쇼핑을 하는 나를 바라보며 테오는 그렇게 밤마다 먹으니 사제가 아니라 살찐 조폭이란 소리를 듣는 거라고 잔소리를 시작했다. 하지만 나는 테오의 독한 말들을 한 귀로 흘려보내는 능력이 있었다. 가끔은 그런 잔소리가 반갑고 정겹기도 했다. 마음이 푸근해진 나는 테오를 위해 달콤한 팥 아이스바 하나를 내밀었다. 단것을 싫어하는 테오가 질색하며 손사래를 쳤다. 덕분에 나는 성당으로 돌아오는 길에 팥 아이스바 두 개를 혼자 먹어치울 수 있었다. 오늘 밤은 정말 모든 것이 완벽하다. 그야말로 행복한 밤이다.

"아이고, 깜짝이야!"

"신부님! 왜 이렇게 늦으셨어요!"

"아니, 레아 자매! 도대체 여긴 어떻게 들어왔어요? 이런 데 막 들어오면 안 되는 거 몰라요?"

"죄송해요. 베드로 신부님. 디모테오 신부님이 절 만나주지 않아서 어쩔 수 없었어요."

"레아 자매, 이러면 정말 큰일 나요. 그러니까 어서 일어나요. 이러면 우리 디모테오 신부님이 진짜 곤란해져요."

"왜요? 뭐가 곤란해지는데요?"

"사제관은 원래 자매님들이 함부로 들어오면 안 되는 곳이에요. 그리고 레아 자매가 자꾸 이런 식으로 행동하면, 디모테오 신부님이 징계를 받고 다른 성당으로 보내질 수도 있어요. 그건 레아 자매님도 싫죠?"

"정말요? 그럴 수도 있어요? 근데 도대체 누가 디모테오 신부님을 쫓아내요? 유스티노 신부님이요?"

"아니, 그게 아니라 내 말은 여기서 빨리 나가 달라는 거예요. 얼른!"

"아니, 유스티노 신부님이 그럴 권한이 있는 거예요? 만약 진짜 그러시면 제가 가만있지 않을 거예요!"

"당장 나가라니까!"

얼음 조각처럼 날카로운 테오의 한마디가 방 안에 울려 퍼졌다. 레아와 나는 바로 얼어붙었다. 냉기 가득한 침묵이 스며들었다. 그럼에도 불구하고 레아는 밖으로 나갈 생각이 전혀 없어 보였다. 결국, 테오가 나가 버렸다.

"정말 너무해요. 저는 디모테오 신부님한테 고해성사를 하고 싶어서 온 것뿐인데."

서러움에 복받친 레아가 눈물을 뚝뚝 흘리며 말했다. 테오는 감정을 잘 드러내지 않는 사람이었지만, 좋고 싫은 감정은 너무하다 싶을 정도로 분명하게 표현했다. 그런 테오에게 최근 레아가 스토킹 수준으로 달라붙었다. 물론 그때마다 테오는 민망하다 싶을 정도로 레아를 무시했다. 하지만 레아는 지칠 줄 모르고 계속 테오에게 달려들었다. 결국 지켜야 하는 선을 모르는 레아가 사제관까지 침범한 것이다. 사제관은 원래 일반 성도들도 좀처럼 들어올 수 없는 곳이었다. 특히 여자 성도들의 경우는 더욱 그랬다. 만약 지금 이 상황을 유스티노 신부님이 알게 된다면? 정말 큰일이 날지도 몰랐다. 그걸 아는지 모르는지, 레아는 사제관이 자기 안방인 양 아예 자리를 잡고 앉아 서럽게 울기 시작했다. 그런 레아를 달래는 일은 결국 내 몫이 되었다. 언제나 그랬던 것처럼.

"레아 자매! 원래 고해성사는 미사 30분 전에 고해소에서 하는 거예요. 사제를 선택해서 할 수 있는 것도 아니고요."

"몰라요! 난 그냥 디모테오 신부님한테만 고해성사를 하고 싶단 말이에요!"

"알았어요. 내가 내일 디모테오 신부님한테 잘 말해볼게요. 그러니 오늘은 그만 일어나서 돌아가요. 네?"

"몰라요. 난 디모테오 신부님이 너무너무 좋단 말이에요!"

레아는 다시 발을 동동 구르며 울기 시작했다. 한숨이 절로 나왔다. 결국 나는 레아를 혼자 두고 방을 나왔다. 천방지축 막무가내인 소녀를 달랠 방법은 무관심밖에 없었다. 레아의 과장된 울음소리를 들으며 나는 마트에서 사온 식료품들을 정리하기 시작했다. 그렇게 레아는 30분을 더 버티다가 울음을 그쳤다. 그나마 다행이었다. 울음을 그치고 얼마 지나지 않아 레아는 쥐도 새도 모르게 사제관을 빠져나갔다. 레아는 떠났지만, 테오는 그 후로도 오랫동안 사제관으로 돌아오지 않았다. 아마도 기도실에 들어간 모양이었다. 착잡한 마음에 나 혼자 방바닥에 주저앉아 소주를 마셨다. 짭짤하고 매콤한 과자 한 봉지와 함께. 소주 한 병을 다 비울 무렵이 돼서야 테오가 돌아왔다.

"레아한테 너무 심했던 거 같아. 너답지 않게 왜 그랬어?"

"내가 안 그랬으면 어떻게든 여기 계속 눌러 앉을 녀석이야."

"아무리 그래도 그렇지. 너 그런 얼굴로 독하게 말하면 얼마나 무서운지 알아?"

"사제한테 연애하자고 달려드는 애한테, 그럼 어떻게 해야 해?"

"레아가 품행장애라잖아. 그래서 앞뒤 분간 없이 충동적으로 행동하는 거지. 솔직히 너 평소에는 그런 애들 잘 다뤘잖아. 그러니 레아도 좀 잘 다독여봐. 아까도 얘기 들어보니 레아는 고해성사를 하고 싶어서 왔다던데."

"싫어. 그리고 레아를 위해서도 이러는 게 맞아."

"이상해서 그래. 레아한텐 유독 냉정한 거 같아서."

"레아라는 아이…… 왠지 모르게 불길해."

그렇게 말하는 테오의 얼굴을 보고 있자니 나 역시 찜찜한 생각이 들었다. 분명, 더 이상 문제를 일으키지 말라는 유스티노 신부님의 경고 때문만은 아닐 것이다. 테오는 눈치가 빠르고 영민해서 평소 사람들의 마음을 무서울 정도로 명쾌하게 꿰뚫어 보는 편이었다. 그래서 아무리 이상한 사람이라 해도 잘 대처하는 편이었다. 그런 테오가 지금 진심으로 레아를 꺼리고 있다. 이유를 분명히 설명하지 못하면서 말이다.

#07
요셉의 시점

"요셉, 설마 지금 기도드리고 있었니?"

"아뇨, 부러워하고 있었어요."

"누굴?"

"성모님 품에 안겨 있는 저 아기 예수님이요."

"뭐가 부러운데?"

"하느님의 아들이라는 거요."

디모테오 신부님은 말 없이 내 머리를 쓰다듬으시더니 막대사탕 몇 개를 불쑥 내밀었다. 모두 내가 좋아하는 콜라맛이었다. 이런 걸 기억하고 계셨다니! 기뻤다. 나는 그 기쁨을 표현하려고 바로 껍질을 벗겨 막대사탕을 입안에 쏙 집어넣었다.

"요셉, 우리 진실게임 한번 해볼까?"

"그걸 왜 하는데요?"

"원래 비밀이란 게 혼자 간직하다 보면 끝도 없이 무거워져서 사람을 힘들게 하거든. 그러니까 가끔은 이런 핑계라도 대서 꺼내놓자는 거지."

"그럼, 신부님이 먼저 해보세요."

"좋아! 대신 서로 비밀은 지켜줘야 한다, 알았지?"

대답 대신 고개를 끄덕였다. 디모테오 신부님은 마치 옛날이야기를 하듯 담담하게 자신의 어린 시절 이야기를 해주셨다. 처음엔 별 얘기 아닐 거라 생각했다. 하지만 디모테오 신부님의 이야기를 듣다 보니 점점 입이 벌어졌다. 너무도 무서운 이야기였기 때문이다. 디모테오 신부님은 어린 시절 엄마가 죽임을 당하는 장면을 목격했지만, 너무 무서워서 엄마를 구할 생각조차 못 했다고 했다. 그래서 지금도 밤마다 악몽 같은 그날 일을 떠올리게 된다고 했다. 처음에 나는 디모테오 신부님의 말이 거짓일 거라고 생각했다. 하지만 신부님의 눈빛을 보니 진짜라는 생각이 들었다. 디모테오 신부님은 담담하게 이야기를 끝냈지만, 나는 무어라 할 말이 없어서 사탕만 입안에서 이리저리 굴리다가 얼마 남지 않은 막대사탕을 깨물어버렸다. 덕분에 어색한 분위기도 깨졌다.

"그, 그런 얘기를 막 저같이 어린 아이한테 하셔도 돼요?"

"내가 가진 비밀이 이것뿐이라서. 근데 요셉이 그런 이야기를 소화하지 못할 정도로 어린 아이는 아니라 생각했는데, 내가 틀렸나?"

"아니요. 그, 그 정도는 소화할 수 있죠. 근데 그게 신부님 몇 살 때 일이에요?"

"음, 요셉이 지금 몇 살이지?"

"열두 살이요."

"같은 나이였네."

처음 디모테오 신부님을 보았을 때, 신부님은 왠지 다른 어른들과 달라 보였다. 더 솔직히 말하면 나와 비슷한 사람일지도 모른다고 생각했다. 그래서 괜히 삐딱하게 굴었던 것이다. 하지만 이제 보니 신부님은 나와 비슷한 사람이 아니라 나보다 훨씬 더 용감한 사람이었다. 사실, 나는 세상에서 나보다 더 끔찍한 어린 시절을 보낸 사람은 없다고 생각했기에 아무도 나를 이해해줄 수 없으리라 믿었다. 그런데 디모테오 신부님은 나보다 더 끔찍한 어린 시절을 보냈다. 그렇다면 신부님은 나 같은 아이를 이해해주실 수 있을까? 모르겠다. 나한테야 끔찍한 비밀이지만 디모테오 신부님에게는 별거 아닐지도 모르니까.

"신부님은 어떻게 다 이겨내셨어요?"

"나한테는 뭐든 털어놓을 수 있는 좋은 친구가 있었거든. 너도 알지? 베드로라고."

그제야 나는 디모테오 신부님이 왜 이런 이야기를 꺼냈는지 깨달았다. 디모테오 신부님은 내 진짜 이야기를 듣고 싶었던 것이다. 어느새 다 녹아버린 막대사탕처럼 내 경계심도 스르륵 녹아버렸다. 덕분에 내 무거운 비밀들도 세상 밖으로 조금씩 튀어나오기 시작했다.

"그러니까, 요셉은 정말 자신이 악마의 아들일지도 모른다고 생각하는 거야?"

"믿고 싶진 않지만, 그럴지도 모른다는 생각이 자꾸 들어요."

"이거 영광인걸? 악마의 아들과 얘길 나누다니."

"놀리지 마세요. 나름 심각하다고요."

"그래서 세례도 받을 수 없다는 거고?"

"네 세례 받는 게 무서워요."

디모테오 신부님은 미간을 약간 찌푸리며 나를 쳐다봤다. 하지만 왜 그런 생각을 하게 되었냐고 애써 물어보진 않았다. 처음엔 더 묻지 않아 다행이라 생각했는데, 나중엔 오히려 더 초조하고 답답해졌다. 왜 그럴까? 어쩌면 나는 아주 오래전부터 누구에게든 속마음을 털어놓고 싶었는지도 모르겠다.

아빠는 그때나 지금이나 독실한 기독교 신자이다. 그래서 매일 밤 소리 소리 지르며 기도를 했다. 하지만 나는 그런 아빠의 기도가 무섭고 싫었다. 아빠는 자신의 믿음을 사람들에게 강요하는 사람이었고, 자칭 신의 백성이라면서 그 백성과는 어울리지 않는 삶을 살고 있었다. 예의 바르고 사랑이 넘치는 사람처럼 보이려고 노력했지만, 실제로 아빠는 세상에 둘도 없는 폭군이었고, 남들의 이목을 신의 심판보다 더 두려워하는 비겁한 사람이었다. 그런 아빠가 무섭고 싫었지만, 안타깝게도 지금 내 곁에는 이 아빠밖에 없다. 누구보다 필요한 엄마는 여동생을 낳다가 돌아가셨기 때문이다.

어쩌면, 아빠는 엄마가 돌아가시고 나서부터 나를 미워하기 시작했는지도 모르겠다. 나는 그저 엄마를 잃어버린 네 살짜리 아이였을 뿐인데, 아빠는 나 때문에 엄마가 돌아가셨다고 생각했다. 아니, 그냥 모든 게 나 때문이었다. 하지만 여동생에게 아빠는 세상 둘도 없이 다정하고 좋은 아빠였다. 마치 어머니가 환생이라도 한 것처럼 여동생을 아끼고 사랑했다. 아빠에게 여동생은 천사였고, 나는 악마였다. 그래서 아빠는 나를 성당에 데리고 다니면서도 세례를 받지 못하게 했다. 나 역시 두려웠다. 세례를 받았다가는 왠지 큰일이 날 것만 같았다. 차라리 아빠가 나를 포기하고 내버려두었다면 더 좋았을지도 모르겠다. 하지만 아빠는 한순간도 나를 포기하지 않았다. 끊임없이 규칙을 만들어 구속했고, 따르지 않으면 어김없이 매를 들고 지옥에 떨어질 거라 협박했다. 매를 들다가 내가 다치기라도 하면, 남들 눈에 띨까 두려워 내 상처가 나을 때까지 방에 가두는 일도 서슴지 않았다.

지옥 같은 날들이 이어졌다. 그리고 진짜 지옥이 찾아왔다. 그날도 나는 아빠의 명령대로 성당에서 봉사활동을 하고 오는 길이었다. 여동생이 집 앞 놀이터 정글짐에서 친구들과 놀고 있었다. 천사처럼 방긋방긋 웃기를 좋아했던 여동생은 나를 보고 반갑게 손을 흔들었다. 하지만 아빠에 대한 미움 때문에 비뚤어진 나는 여동생을 못 본 척하고 그냥 지나쳐버렸다. 그리고 혼잣말처럼 중얼거렸다.

'그냥 확 떨어져버려라!'

내 무심한 말 한마디는 돌이킬 수 없는 저주가 되어버렸다. 얼마 후, 여동생이 거짓말처럼 정글짐에서 떨어져 죽어버렸기 때문이다. 지옥이 찾아왔고, 나는 자신을 의심할 수밖에 없었다. 아빠 말처럼 나는 정말 악마일지도 모른다고.

##

디모테오 신부님은 내 이상한 이야기에도 놀라지 않았다. 그저 말 없이 머리를 쓰다듬어주셨다. 다행히 그 손길이 무척 따뜻했다.

"근데 요셉. 내가 보기에 너는 절대 악마가 될 수 없어."

"왜요?"

"넌 항상 두려움을 품고 있으니까."

"두려움이 왜요?"

"진짜 악마들은 누군가에게 두려움을 주지만, 정작 자신은 두려움을 느끼지 못하거든."

늘 무심해 보이던 디모테오 신부님의 말 한마디는 무엇보다 큰 위로가 되었다. 아니, 내가 정말로 듣고 싶었던 말이었다. 나도 모르게 눈물이 왈칵왈칵 쏟아졌다. 막을 사이도 없이 내 입에서 엉엉 터져나오는 울음소리까지 들렸다. 창피했지만, 아주 오랜만에 속이 뻥뚫리는 기분이 들었다. 모두가 디모테오 신부님 덕분이었다. 고마웠다. 한편으론 궁금하기도 했다. 신부님은 악마에게 두려움이 없다는 사실을 어떻게 알았을까? 마지막 울음을 삼키며, 나는 디모테오 신부님의 얼굴을 가만히 올려다보았다. 디모테오 신부님은 내 마음을 아는지 모르는지 내 머리를 쓰다듬으며 저만치 떨어져 있는 성모상을 무심히 바라보고 있었다.

#08
안나의 시점

나도 모르게 걸음이 빨라졌다. 아주 오랜만에 베드로와 테오를 만난다는 생각에 절로 그리되었다. 사실, 내가 있는 성당 고아원은 심해성당에서 그리 멀지 않은 곳에 있었다. 그럼에도 이제야 테오를 보러 가는 이유는 테오가 사제로서 적응할 시간을 주고 싶었기 때문이다. 빠른 걸음으로 걷다 보니, 스치는 거리 풍경처럼 옛 기억들도 머릿속을 빠르게 스쳐 지나갔다.

테오와 베드로를 처음 만난 것은 외딴 언덕배기에 자리 잡은 작은 성당에서였다. 당시에 나는 성당 부속 고아원에서 아이들을 돌보고 있었는데, 그 아이들 중에 베드로가 있었다. 베드로는 네 살 때부터 누나와 함께 성당 고아원에서 살았는데, 타고난 성격이 밝고 착해서 싸우는 일 없이 누구와도 잘 지내던 순둥이였다. 반면에 테오는 어머니와 함께 성당에 다녔던 까칠하고 당돌한 꼬마 성도였다. 나는 아직도 그때의 테오와 테오 어머니의 모습을 기억한다.

테오의 어머니는 하얀 얼굴에 깡마른 체구였지만, 신비스럽고 강인한 눈빛이 돋보이는 여자였다. 지금 테오의 모습은 그런 어머니를 쏙 빼닮았다. 하지만 당시 테오 어머니는 한눈에도 삶이 무겁고 힘겨워 보였다. 시장에서 장사를 하느라 항상 피곤하고 지친 기색이 역력했고, 팔과 다리에는 언제나 크고 작은 상처들이 보였다. 처음 발견한 테오 어머니의 상처를 보고 나는 깜짝 놀라 물었다. 무슨 일이 있는 거냐고. 테오 어머니는 시장에서 호떡을 굽다가 기름에 데었을 뿐이라고 했다. 실제로 테오의 어머니는 시장에서 호떡 장사를 하고 있었기 때문에 나는 그렇게 믿고 상처를 치료해주는 일밖에 할수 없었다. 하지만 테오 어머니는 남편에게 온갖 폭행과 학대를 당하고 있었다. 안타까운 마음에 어떻게든 폭력적인 남편에게서 떼어놓기 위해, 나는 테오 어머니에게 학대받는 아내들을 위한 쉼터까지 소개해주었다. 하지만 테오 어머니는 그때마다 말간 얼굴로 내게 말했다.

"고맙습니다, 안나 수녀님. 하지만 저는 그 사람을 떠날 수가 없어요."

나는 테오 어머니가 남편을 여전히 사랑하고 있다고 생각해서 더 적극적으로 설득하지 못했다. 그리고 얼마 후, 테오 어머니가 무시무시한 남편에게 죽임을 당했다는 소식을 들었다. 베드로의 누나도 함께 죽었다고 했다. 그제야 나는 테오 어머니가 남편을 떠날 수 없었던 진짜 이유를 깨달았다. 테오 어머니는 악마 같은 남편에게서 죽음 말고는 벗어날 방법을 찾지 못한 것이다.

어머니를 잃고, 처음 성당 고아원에 들어서던 테오의 얼굴을 지금도 생생하게 기억한다. 아이 얼굴이 너무도 참혹하고 섬뜩했기 때문이다. 하지만 나는 테오 어머니에 대한 죄책감 때문에 테오를 힘껏 안아주지도 못했다. 머뭇거리는 사이, 테오가 성큼성큼 다가왔다. 그러고는 내 손을 덥석 잡으며 말했다.

"수녀님, 배가 너무 고파요. 저 밥 좀 주세요."

##

심해성당에 도착하자마자 설레고 급한 마음에 바로 사제관 쪽으로 발걸음이 향했다. 저만치 벤치 하나가 보였다. 벤치에는 누군가 길게 누워 있었다. 테오였다. 나는 반가운 마음에 테오를 부르려다가 멈췄다. 테오가 봄 햇살을 받으며 너무도 곤하게 잠들어 있었기 때문이다. 테오 곁에 서서 잠든 테오의 얼굴을 가만히 바라봤다. 그런데 테오의 표정이 조금 이상했다. 미간을 잔뜩 찌푸리며 인상을 쓰고 있었다. 악몽이라도 꾸는 걸까? 나이에 걸맞지 않게 힘든 일들을 많이 겪어서 그런지 테오는 어려서부터 자주 악몽에 시달렸다. 평소에는 절대 감정을 드러내지 않지만, 무의식 속에서는 테오도 상처와 분노를 표출하는 것이리라. 테오의 얼굴이 계속 일그러지는 것을 더는 지켜볼 수 없어서 나는 테오를 흔들어 깨웠다.

"디모테오 신부님! 이제 그만 일어나세요. 이런 데서 주무시면 안 돼요!"

"아, 안나 수녀님?"

테오는 벌떡 일어났지만, 아직도 잠에서 덜 깬 표정이었다. 그런 테오를 보자 나도 모르게 함박웃음이 났다. 나는 웃으며 두 팔을 활짝 벌렸다. 그러자 테오가 어린아이처럼 나를 와락 껴안았다.

"수녀님! 정말 죄송해요. 고아원이 요 근처인데도 가볼 시간이 없었어요."

"죄송하긴, 처음에 얼마나 정신이 없는 줄 내가 더 잘 알지. 그나저나 우리 디모테오 신부님! 사제가 되신 기분은 어떠세요?"

"글쎄요. 아직은 얼떨떨해서 잘 모르겠어요."

"근데 요즘도 밤에 잠을 잘 못 자니? 낮잠을 다 자고."

"하하, 아니에요. 여전히 꿈은 많이 꾸지만 요즘엔 그래도 잘 자는 편이에요. 지금은 햇살이 너무 좋아서 잠깐 졸았나 봐요."

테오가 눈치채지 못하도록 짧은 한숨을 쉬었다. 여전히 아프면 아프다, 힘들면 힘들다고 말하지 못하는 테오가 안쓰러울 뿐이다.

원래 테오는 감정 표현이 별로 없는 아이였지만, 어머니가 돌아가신 후에는 아예 말을 잃고 세상과 담을 쌓고 살기도 했다. 무엇을 봐도, 무엇을 먹어도, 무슨 소리를 들어도, 반응을 보이지 않았다. 그저 심장을 뚫어버릴 것 같은 공허한 눈빛으로 1년 가까이 혼자만의 세계에 갇혀 있었다. 그래서 성당 아이들은 물론, 아이를 돌봐주는 수녀들도 테오를 무척 어려워했다. 아니, 더 정확히 말하면 무서워했다. 하지만 나는 어느 정도 이해할 수 있었다. 테오는 열두 살 소년이 감당하기에 버거운 일들을 너무 많이 겪었기 때문에 상처들을 스스로 치유할 시간이 필요했던 것이다. 어느 날, 방 안에 틀어박혀 꼼짝하지 않았던 테오가 처음으로 외출하는 것을 보았다. 깜짝 놀란 나는 외출하는 테오의 뒤를 조용히 따라갔다. 테오가 간 곳은 겨우 성당 뒤뜰이었다. 테오에겐 무척 의미 있는 장소였다. 테오가 어머니와 함께 자주 기도를 드렸던 곳이기 때문이다. 꼬챙이처럼 마른 테오가 성모상 앞에서 두 손을 모으고 기도를 드리기 시작했다. 도대체 무슨 기도를 드리고 있는 걸까? 테오가 기도를 끝내고 성호를 그을 무렵, 나는 조심스럽게 다가가 물었다.

"테오야, 무슨 기도를 드렸니?"

"오늘이 돌아가신 엄마 생신날이거든요."

말문이 막혔다. 아니 목이 메었다. 테오의 마음이 어떨지 상상조차 할 수 없었다. 나는 복받치는 감정을 억누르며 테오의 머리를 쓰다듬었다.

"그랬구나. 그걸 다 기억하고…… 기특하구나! 우리 테오…….""

"근데요, 수녀님! 오늘은 엄마가 돌아가신 날이기도 해요."

더 이상 울음을 참을 수가 없었다. 늘 그렇듯 얼음장같이 차가운 테오의 얼굴 뒤에 감춰진 엄마 잃은 아이의 처절한 슬픔이 그대로 드러났기 때문이다. 어쩌면 테오의 무표정한 얼굴과 날카로운 눈빛은 상상할 수 없는 공포에서 살아남기 위한 나름의 자구책이었는지도 모르겠다. 언제 자신을 죽일지 모르는 살인마와 한 집에서 살아야 했던 소년의 삶은 분명 그러했으리라. 그날 나는 위로를 받아야할 테오를 붙잡고 주책없이 울고 또 울었다. 울 줄도 모르는 테오를 대신해 울어준다는 핑계를 억지로 대며.

##

누구보다 고단하고 외롭게 살았던 열두 살 꼬마, 테오는 이제 훌륭한 사제가 되어 내 눈앞에 서 있다. 그저 감사할 뿐이다. 내가 할수만 있다면, 죽는 그날까지 테오가 기댈 수 있는 작은 언덕이 되었으면 좋겠다. 그것으로 테오와 테오 어머니에게 진 빚을 다 갚을 수있을지 모르겠지만. 그때, 성당 입구에서 덩치 큰 거인 하나가 양팔을 흔들며 신나게 달려오는 게 보였다. 순둥이 베드로였다.

"어머, 베드로! 못 본 새에 얼굴이 많이 좋아졌구나!"

"수녀님, 언제 오셨어요? 안 그래도 테오랑 같이 한번 뵈려고 했었는데."

"우리 베드로 신부님은 밤마다 소주와 라면을 친구 삼으시다가 이렇게 살이 찌셨답니다."

"베드로, 지금은 딱 보기 좋지만, 더는 안 돼요. 건강에 안 좋으니까!"

"하하! 그럼요, 수녀님. 명심하겠습니다! 그보다 수녀님, 어떠신가요? 우리 테오 이제 제법 사제 같아 보이나요? 요즘 아주 잘나간답니다."

웃으며 고개를 끄덕였지만, 마음 한구석이 답답했다. 사실, 오늘 심해성당에 오기 전에 유스티노 신부의 전화를 먼저 받았다. 유스티노 신부는 상의할 일이 있다고 덤덤하게 말했지만, 만나자고 하는 진짜 이유를 알 것 같았기 때문이다. 그렇다고 테오와 베드로에게 그 사실을 알리고 싶지는 않았다. 오랜만에 느껴보는 이 즐거운 시간을 망치고 싶지 않았다.

"정말? 우리 테오가 그렇게 인기가 좋아요?"

"아휴, 말도 마세요. 수녀님! 근데 문제는 테오가 연예인병에 걸렸다는 거예요. 무슨 아이돌 스타처럼 군다니까요? 어깨에 힘이 빡 들어가서는."

"글쎄, 난 잘 모르겠는데? 난 원래 여자들한테 인기가 많았으니까."

"이거 보세요. 수녀님!"

"테오가 예전부터 여자들한테 인기가 많긴 했지. 선물도 많이 받았고. 그래서 테오가 사제가 된다고 했을 때 찾아와서 울고불고 했던 여자애들도 꽤 있었지."

"아, 수녀님까지 왜 그러세요!"

"호호호, 괜찮아요. 대신 우리 베드로는 남자 친구들한테 인기가 많았잖아요!"

"정확히 말하면, 동네 깡패 형들한테 인기가 많았죠. 얼굴 때문에 싸움 잘하는 줄 알고."

　베드로가 테오를 응징하려고 머리를 팔로 감아 압박하자, 테오가 어린아이처럼 버둥거렸다. 그런 두 사람의 유쾌한 모습을 보고 있자니 너무 행복해서 눈물이 날 것 같았다. 정말 오랜만에 맛보는 행복이었다. 예전에는 종종 이런 시간을 보냈는데, 두 사람이 신학교에 들어가고 사제가 되면서 만나기조차 힘들어졌다. 어쨌든 어떤 과거도, 아픔도 끼어들 틈이 없는 지금 이 순간이 나는 마냥 좋았다. 이렇게만 계속 살 수 있다면 더 바랄 게 없을 만큼.

#09
베드로의 시점

테오를 만나기 전부터 나는 누나와 함께 성당 고아원에서 자랐다. 너무 어린 시절부터 고아가 되어 그런지 부모님 얼굴조차 기억하지 못했다. 하지만 상관없었다. 내 곁에는 언제나 누나가 있었기 때문이다. 누군가 가장 행복했던 시절이 언제냐고 묻는다면, 나는 고민할 필요 없이 누나와 함께 살았던 그 시절이라고 답할 것이다. 그렇게 행복했던 나의 어린 시절, 성당에서 묘하게 생긴 남자아이, 테오를 만났다. 당시 테오는 지금과 달리 계집애처럼 왜소했지만 눈빛만은 남달랐다. 그 때문인지 학교에서나 성당에서나 테오를 건드리는 친구는 거의 없었다. 너무 행복해서 오지랖만 넓었던 나는 왠지 모르게 테오가 신경 쓰였다. 그래서 종종 테오에게 먼저 다가가 말을 걸어보기도 했다. 그때마다 테오는 나를 빤히 쳐다볼 뿐 어떤 말도 하지 않았다. 민망하긴 했지만, 이상하게 그런 테오가 싫지 않았다.

그날도 나는 동네 질 나쁜 형들에게 끌려가 매를 맞고 있었다. 경제관념이 남달랐던 동네 형들은 덩치가 크고 험상궂게 생긴 나를 이용해 동네 꼬마들의 코 묻은 돈을 챙기는 부업을 하고 싶어 했다. 하지만 나는 절대 못 하겠다고 버텼다. 그러자 동네 형들은 심심할 때마다 나를 동네북처럼 두들겨 팼다. 그날도 나는 불량배 형들에게 붙들려 신나게 매를 맞고 있었다. 얼마를 맞았을까? 저만치서 누군가의 목소리가 환청처럼 들렸다.

"경찰이다. 저기 경찰이 온다!"

동네 질 나쁜 형들은 확인할 틈도 없이 허둥지둥 도망쳤다. 덕분에 나는 한숨을 돌릴 수 있었다. 바닥에 누운 채 하늘을 올려다봤다. 하늘이 참 맑고 깊었다. 그때 맑고 깊은 하늘을 흔한 배경으로 만들어버리는 얼굴 하나가 불쑥 눈에 들어왔다. 테오였다. 나는 깜짝 놀라 자리에서 벌떡 일어났다. 그러자 테오도 내게서 한 걸음 물러났다. 순간, 나는 테오가 혹시 불량배 형들과 한 편이 아닐까 의심했다.

"너 바보냐? 왜 항상 맞고만 있는 거야?"

"하하, 그냥 맞는 게 편해서."

"누가 또 괴롭히면 그냥 주먹을 휘둘러. 그럼 다시는 건드리지 못할 테니까."

테오가 내게 처음 건넨 말이었다. 사람에 따라서 서운하게 들릴 수도 있지만, 나는 그런 말을 해준 테오가 고마웠다. 어쨌든 테오가 말 한마디로 형들을 쫓아주었고, 내 덩치 정도면 거뜬히 이길 수 있으니 바보같이 맞고만 있지 말라는 충고까지 해주었으니까. 그제야 나는 테오가 보기와는 다른 구석이 있다는 것을 알았다. 매사에 무심하고 귀찮은 것처럼 행동했지만, 테오는 필요한 순간에 나타나 꼭 필요한 도움을 주는 사람이었다. 하지만 사람들은 테오의 본모습을 좀처럼 알아보지 못했다. 그저 싸늘하고 기분 나쁜 녀석이라고만 생각했다. 아니, 테오가 자신의 아버지와 똑같은 괴물일지도 모른다고 수군거리기도 했다. 그래서 나는 너무 안타깝고 속상했다.

　사람들 말대로 테오의 아버지 강치수는 극악무도한 사이코패스 연쇄살인범이었지만 누구도 그걸 알지 못했다. 강치수가 테오와 테오 어머니를 이용해 자기 자신을 평범한 가장으로 위장했기 때문이다. 한마디로 테오와 테오 어머니는 강치수의 인질이었고, 바람막이였다. 실제로 테오네 집에서는 우리가 상상할 수 없는 무시무시한 일들이 항상 벌어졌다. 강치수는 주로 가족이 없어 실종되어도 아무도 신경 안 쓰는 어린아이나 여자들을 납치해 지하실에 감금하고, 잔인하게 죽이는 일을 반복했다. 물론, 테오와 테오 어머니는 그 사실을 알았지만 그들 역시 언제 죽임을 당할지 모르는 오래된 인질일 뿐이었다.

　강치수를 처음 만난 날, 나는 이상할 만큼 기분 좋고 행복했다. 안나 수녀님에게 특별 용돈을 받았기 때문이다. 어린 나이였지만 알뜰하고 야무졌던 누나는, 평소였다면 아마도 용돈을 바로 저금통에 넣었을 것이다. 하지만 그날은 내 열두 번째 생일날이었다. 누나는 들뜬 내 손을 잡고 시장으로 향했다. 평소 먹는 것을 좋아했던 내게 군것질거리를 사주고 싶었던 것이다. 나는 어떤 음식을 골라야 할지 몰라 머리가 터질 것 같았다. 그때, 시장 한 귀퉁이에서 테오와 테오 어머니가 호떡을 팔고 있는 것이 보였다.

"테오야, 안녕! 안녕하세요, 테오 어머니! 저는 테오 친구 베드로라고 합니다. 호떡 두 개만 주시겠어요?"

테오는 놀라지도 않고 내가 내민 돈을 덤덤하게 챙겼다. 하지만 테오 어머니는 나와 누나를 알아보고 반갑게 맞아주셨다. 성당 고아원에서 봉사활동을 하신 적이 있기 때문에 우리 남매를 한눈에 알아보신 것이다. 테오 어머니는 친구가 없던 테오한테 친구가 생겼다며 무척이나 좋아하셨다. 그래서 호떡 두 개 값에 다섯 개를 주셨다. 그러면서 앞으로 테오랑 자주 놀아달라고 신신당부하셨다. 테오 어머니의 마음이 담긴 따뜻한 호떡을 받아 가슴에 품고 있으니 세상 부러울 것이 없었다.

나는 누나와 호떡을 나눠 먹으며 천천히 걸었다. 나머지 세 개는 성당에 가서 안나 수녀님과 함께 나눠 먹기로 다짐하면서. 하지만 그날 우리는 안나 수녀님과 호떡을 나눠 먹지 못했다. 성당으로 돌아가던 길에 강치수를 만났기 때문이다.

"네가 우리 테오 친구구나?"

"네. 그런데 누구세요?"

"테오 아버지란다. 좀 전에 시장에 들렀더니 마누라가 너희들 저녁밥이라도 먹여야겠다고 집으로 데려오라고 했단다. 테오는 좀 이따가 엄마랑 정리하고 온다니까, 우리는 먼저 집에 가서 기다리자꾸나!"

호떡을 먹다 말고, 누나와 나는 잠시 고민에 빠졌다. 하지만 강치수는 우리에게 망설일 시간을 주지 않았다. 결국 우리는 테오네 집으로 향할 수밖에 없었다. 테오네 집에 들어서자마자 강치수는 갑자기 걸음을 멈췄다. 나와 누나도 멈췄다. 처음엔 현관문이 닫혀 있기 때문이라고 생각했다. 하지만 강치수는 현관문을 확인하지 않고 우리를 지하실로 안내했다. 누나와 내가 의아해하자 강치수는 비릿하게 웃으며 말했다.

"지하실에 테오 놀이방이 있단다. 집 안이 지저분하니까 청소할 동안만 거기서 기다려주겠니?"

뭔가 이상하다고 생각했지만, 그의 말을 거역할 수가 없었다. 어쩔 수 없이 누나와 나는 강치수를 따라 지하실로 내려갔다. 강치수는 무거워 보이는 지하실 철문을 너무도 쉽게 열었다. 지하실 문이 벌컥 열리자 서늘하고 축축한 냉기가 유령처럼 튀어나왔다. 무서웠다. 안으로 들어가고 싶지 않다고 생각했을 무렵, 우리는 이미 지하실 안에 들어와 있었다. 딸깍 소리와 함께 지하실 불도 켜졌다. 눈이 부셨다. 지독한 락스 냄새도 코를 찔렀다. 그러는 사이 무거운 지하실 철문이 닫혀버렸다. 그렇게 누나와 나는 꼼짝없이 지하실에 갇혀버렸다.

누나와 나는 지하실 바닥에 주저앉아 누군가 다시 문을 열어주기만을 기다려야 했다. 아무리 생각해도 지하실은 테오의 놀이방 같지 않았다. 우선, 아이가 가지고 놀 만한 장남감이 하나도 없었다. 지하실 벽과 바닥은 온통 흰색 타일로 뒤덮여 있어서 마치 커다란 목욕

탕 안에 들어와 있는 기분도 들었다. 한쪽 구석엔 세면대와 샤워기, 그리고 넓은 주방용 철제 탁자가 있었다. 지하실 형광등 조명은 눈이 부실 정도로 밝았다. 천장 한가운데 박혀 있는 형광등은 하나밖에 없었지만, 하얀색 타일 때문인지 훨씬 더 밝게 느껴졌다. 시간이 흐르자 온몸에 한기가 돌아 덜덜 떨리기 시작했다.

누군가 걸어오는 소리가 들렸다. 반갑기는커녕 심장이 먼저 오그라들었다. 잠시 후, 굳게 닫혔던 지하실 철문이 벌컥 열렸다. 예상대로 강치수였다. 그런데 복장이 이상했다. 검은색 장화와 검은색 비옷을 입고 있었기 때문이다. 순진한 마음에 나는 밖에 비가 온다고 생각했다. 하지만 강치수의 양손에는 커다란 칼과 망치가 들려 있다. 이제 강치수는 친구의 아버지가 아니라 무서운 호러 영화 주인공이 되어버렸다. 그제야 나는 여길 어떻게든 빠져나가야겠다는 생각을 했다. 하지만 이상하게 몸이 말을 듣지 않아 꼼짝을 할 수가 없었다. 다행히 나보다 백배는 용감한 누나가 먼저 입을 열었다.

"아저씨! 저희 그냥 집에 갈게요. 그러니 집에 보내주세요! 네?"

"집에 보내달라고? 어차피 너희들은 집이 없지 않나?"

"아니요. 집 있어요. 그리고 지금 안나 수녀님이 저희를 엄청 기다리실 거예요."

누나는 그렇게 말하면서 내 손을 꼭 잡고 용감하게 일어섰다. 하지만 내 쓸모없는 다리는 여전히 움직여지지 않았다. 겁에 질려 몇 걸음 억지로 옮기다가 그만 강치수 앞에서 꼬꾸라져버렸다. 바로 일어나려고 버둥거리다가 강치수와 눈이 마주쳤다. 이상했다. 강치수가 나를 쳐다보며 웃고 있었다. 분명 화가 나 있을 거라 생각했는데, 꼬꾸라져 있는 나를 보며 강치수는 킬킬거렸다. 웃는 모습이 그렇게 무서운 사람은 처음이었다. 낄낄 웃으면서 강치수는 오른손에 쥐고 있던 망치를 천천히 들어 올렸다. 망치가 중력의 힘으로 다시 떨어지는 순간, 누나가 갑자기 뛰어들었다. 순간, '빽' 하는 소리와 함께 누나가 내 머리 위로 꼬꾸라졌다. 정적과 함께 뜨거운 무언가가 내 머리 위로 자꾸만 흘러내렸다. 공포에 질려 있던 나는 그것이 무엇인지 짐작조차 할 수 없었다.

#10
안나의 시점

"유스티노 신부님! 왜 자꾸 그런 말씀을 하시는 거죠? 그건 어디까지나 신부님의 편견일 뿐입니다."

"안나 수녀님. 오히려 수녀님이 디모테오를 객관적으로 보지 못하시는 겁니다. 디모테오의 눈빛과 표정을 보면 느끼지 못하시겠습니까? 디모테오한테는 일반적인 사람들의 감정이 없습니다. 그저 살아남아야 한다는 처절하고 냉혹한 의지밖에 없어 보인다는 말입니다. 그런 사람이 사제 자격이 있다고 생각하십니까? 생각을 한번 해보세요! 디모테오는 우리 같은 사람은 상상할 수도 없는 지옥에서 살아 돌아온 사람입니다. 그런 사람이 평범한 사람들을 이해할 수 있다고 생각하세요? 물론, 디모테오가 지금까지 비정상성을 냉철한 이성으로 잘 통제해왔다는 것은 저도 잘 알고 있습니다. 문제는 이런 비정상성이 극한 상황에서 디모테오의 이성을 넘어서게 될지도 모른다는 겁니다. 아니, 어쩌면 디모테오는 저희도 모르게 임계점을 이미 여러 번 넘었을지도 모릅니다."

"저도 테오가 남들과 다른 특별함이 있다는 것은 인정합니다. 하지만 그건 시한폭탄이 아니라 지우고 싶지만 지울 수 없는 상처일 뿐이에요."

"디모테오에게 남은 상처들이 너무도 참혹해서 문제라는 겁니다. 수녀님은 괴물에게 상처 입은 사람을 이 세상이, 세상 사람들이 불쌍하게만 본다고 생각하십니까? 절대 아닙니다. 세상 사람들은 지옥에서 살아 돌아온 사람을 두려워합니다. 왠지 아십니까? 그만큼 더 지독한 사람으로 여겨지니까요."

"유스티노 신부님이 걱정하시는 부분은 디모테오 본인도 잘 알고 있습니다. 그래서 그런 오해와 편견을 이겨내려고 누구보다 열심히, 성실하게 살아왔어요. 신부님도 잘 아시잖아요!"

"물론, 디모테오의 굳은 의지와 노력은 저도 잘 알고 있어요. 그래서 저도 디모테오를 믿어보고 싶어요. 하지만 믿을 수 없는 것은 테오의 상처 입은 본능이에요. 그런 본능은 이성으로 제어할 수가 없습니다. 무의식적인 순간에 튀어나와 죄다 삼켜버리니까요."

"혹시, 신부님은 2년 전 식복사 사건 때문에 그러시는 건가요? 물론 경솔한 점이 없잖아 있었지만 테오는 그저 잘못된 점을 바로잡으려 했을 뿐이에요. 의도치 않게 최악의 결과를 낳았지만, 그 때문에 또다시 상처를 받았고 중한 벌도 받았습니다. 그러니 이제 제발 테오를 믿어주세요. 유스티노 신부님!"

내 간절한 호소에 유스티노 신부는 더 이상 반론을 제기하지 않았지만, 여전히 테오를 신뢰할 수 없다는 표정이었다. 답답하고 안타까웠다. 그렇다고 테오를 경계하는 그의 마음을 전혀 이해하지 못하는 것은 아니었다. 사실, 테오에겐 동물적인 감각으로 상대방의 마음을 꿰뚫어 보는 능력이 있었다. 그래서 많은 사람들이 테오를 두려워하고 경계하는 것이다. 물론, 독심술은 아니었다. 마음을 꿰뚫어 보는 테오의 예민한 감각은 살기 위해 어쩔 수 없이 습득해야 했던 고육지책일 뿐이다.

테오는 자신을 언제 죽일지 모르는 사이코패스와 12년을 살았다. 아침에 눈을 뜰 때마다, 자신이 살아 있다는 것에 감사 기도를 드려야 할 만큼 위태로운 시간을 살아왔던 것이다. 깨어 있는 동안에도 살아남기 위해 아버지의 심중을 살피고 경계해야 했다. 강치수는 살인의 달인이었지만, 거짓말의 달인이기도 했다. 그래서 항상 교묘한 거짓말들로 테오를 시험하고 또 시험했다. 이 시험에서 통과하기 위해 테오는 누구보다 예민한 촉을 갈고닦았으며 감정 표현을 극도로 자제했다. 하지만 이런 기막힌 사연을 알 리 없는 사람들은 겉으로 드러나는 테오의 범상치 않은 모습을 경계하고 두려워할 뿐이다.

"수녀님의 뜻은 저도 충분히 이해하고 있습니다. 어차피 무엇이 진실이고 최선인지는 하느님만이 아시는 거니까요. 수녀님 말씀대로 의심은 잠시 거두고, 디모테오를 있는 그대로 지켜보겠습니다. 그러니 이쯤에서 디모테오 이야기는 그만하도록 하죠."

"믿어주셔서 감사합니다. 신부님!"

"사실 오늘은 다른 부탁이 있습니다. 이번 고아원 정기 후원 행사 때문인데……."

그때, 유스티노 신부의 집무실 문이 벌컥 열렸다. 심해성당 사무장이 창백한 얼굴로 서 있었다. 무슨 일이지? 유스티노 신부도 깜짝 놀랐는지 헛기침을 했다. 예의 없이 문을 벌컥 열어버린 사무장의 행동에 당황한 것 같았다. 하지만 유스티노 신부는 애써 침착한 목소리로 무슨 일이냐고 점잖게 물었다. 사무장도 당황스러웠는지 바로 대답하지 못하고 머뭇거렸다.

"신, 신부님! 큰일 났습니다. 레아, 레아 자매가…… 성당에서 죽었습니다."

#11

유스티노의 시점

사무장은 레아가 죽었다고 말했다. 그것도 성당에서 말이다. 나는 사무장의 말을 듣고도 믿을 수가 없었다. 하늘이 무너지는 기분이 들었다. 오, 주여! 도대체 왜 이런 일이! 겨우 정신을 가다듬고 안나 수녀와 함께 집무실을 나왔다. 사무장을 따라 이동하는 동안 제일 먼저 떠오른 생각은 '레아의 부모에게 뭐라고 말을 해야 할까?'였다. 그들은 심해성당에 가장 교부금을 많이 내는 성도였다. 반면에 레아는 학교에서 여러 가지 사고를 치고 무기정학을 받은 문제아였다. 레아의 아버지는 딸을 신앙의 힘으로 바로잡아보겠다며 당분간 매일 성당 미사에 참석할 수 있게 특별히 부탁까지 해둔 상태였다. 레아 아버지는 레아가 사춘기를 심하게 겪는 것 같다고 말했지만, 나는 레아가 품행장애라는 사실을 알고 있었다. 마 교수로부터 레아의 상태를 들었기 때문이다. 마 교수의 상담 치료를 받으면서 레아의 상태가 많이 호전되었다고 들었는데, 갑자기 성당에서 죽어버리다니! 눈앞이 캄캄했다.

성당 뒷마당에 도착했을 때, 이미 꽤 많은 사람들이 몰려와 있었다. 물론, 베드로와 디모테오도 있었다.

"도대체 이게 어떻게 된 일인가?"

"저녁을 먹고 들어왔는데…… 레, 레아가…… 벤치에서…… 흐흑!"

"베드로, 울지 말고 똑바로 얘기해보세요!"

"제가 대신 말씀드리겠습니다."

바닥에 주저앉아 흐느끼는 베드로와 달리 디모테오는 비교적 차분하게 전후 사정을 설명했다. 디모테오의 설명을 들으면서 나는 주변 사람들의 얼굴을 살폈다. 모두 겁에 질린 표정이었다. 그나마 사람들이 이성을 잃지 않은 이유는 누군가 레아의 시신에 담요를 덮어두었기 때문일 것이다. 그때, 앰뷸런스가 요란한 소리를 내며 도착했다. 달려온 구급대원들이 담요를 들추고 레아의 사망 여부를 다시 한 번 확인했다. 나도 모르게 고개가 돌려졌다. 레아가 사망했음을 확인한 구급대원들은 시신을 수습하려고 했다. 그때, 갑자기 디모테오가 나서며 구급대원들을 말렸다.

"잠시만요. 경찰이 올 때까지 기다려야 하지 않나요? 여긴 사건 현장이잖아요."

내 귀를 의심했다. 사건 현장이라니? 누가 봐도 이건 자살이었다. 레아 옆에는 유서로 보이는 편지와 약통, 그리고 마시다 만 생수병

이 놓여 있었다. 디모테오, 도대체 무슨 생각을 하고 있는 거야! 화가 머리끝까지 치밀었다.

"사건 현장이라니? 그게 무슨 소립니까? 레아가 살해라도 당했다는 겁니까?"

"제 말은 그걸 아직 정확히 모르니까 경찰이 올 때까지 현장을 보존해두자는 겁니다."

"여기는 주님이 계시는 성전입니다. 살해라니! 그게 말이 됩니까?"

"주님이 계신 성전에서 자살을 하는 것도 말이 안 되죠."

디모테오의 말에 극도로 화가 났지만 입을 다물 수밖에 없었다. 틀린 말은 아니었다. 지금 이곳은 자살이든 타살이든 사망 사건이 일어나면 안 되는 곳이었다. 내가 입을 다물자, 디모테오는 시신을 덮어둔 담요를 들춰 휴대전화로 여기저기 사진을 찍기 시작했다. 디모테오의 대담한 행동에 나와 주변 사람들은 경악했다. 하지만 디모테오의 행동을 제지할 만한 이유를 찾지 못했다. 얼마 후, 경찰이 도착했다. 사진을 다 찍은 디모테오는 이번에도 경찰에게 앞뒤 사정을 차근차근 설명하기 시작했다. 그때, 성당 주차장 쪽에서 자동차 브레이크 밟는 소리가 요란하게 들렸다. 분명 레아의 부모님이 성당에 도착한 것이리라. 난감하고 난처했다. 도대체 레아 부모님에게 무슨 말을 어떻게 해야 할까? 괜히 옆에서 현장 상황을 돕고 있는 디모테오가 원망스러웠다. 이 모든 일이 왠지 디모테오 때문에 일어난 것 같았다.

#12
남 형사의 시점

새벽에 울리는 전화벨 소리는 대개 불길한 편이다. 발신인이 경감님이라는 것을 확인하고 나니, 더 불길한 느낌이 들었다. 한숨을 짧게 쉬고 최대한 늦게 전화를 받았다. 경감님의 사촌 형님 되는 분의 딸이 죽었다고 했다. 그것도 성당에서 말이다. 성당에서 살인을? 누군지 모르겠지만 간이 크다고 생각했다. 다행히 살인 사건은 아닌 듯하다고 말했다. 그런데 뭐가 문제죠? 짜증이 적당히 묻어나는 말투로 되물었다. 정황상 자살 같은데, 부모들이 자살이라고 생각하지 않는다는 게 문제였다. 그러니까 경감님 말은 내가 성당으로 가서 자살임을 확정지어달라는 얘기였다. 대답이 바로 나오지 않았다. 이 정도면 막내를 보내도 될 일이라고 생각했다. 하지만 경감님의 사촌 형님의 딸이라니 별수는 없었다. 머리가 쨍 하고 얼어버릴 듯한 차가운 우유 한 잔을 마시고 나는 심해성당을 찾아갔다.

아담하고 예쁜 성당이었다. 하필 왜 이런 곳에서 소녀는 죽고 싶었을까? 그때, 젊은 사제 두 사람이 저편에서 걸어 나오는 것이 보였다. 그들을 보자마자 피식 웃음이 나왔다. 극단적으로 달라 보이는 두 사람이 같은 사제복을 입고 걸어 나오는 모습이 아주 특별해 보였기 때문이다. 험상궂어 보이는 사제가 나를 발견했는지 덩치에 어울리지 않는 종종걸음으로 내게 다가왔다.

"찬미 예수님! 누굴 찾아오셨나요?"

"안녕하세요. 심해경찰서에서 나온 남자연 형사라고 합니다."

"아, 형사분이 다시 오실 거라고 말씀은 들었습니다. 반갑습니다. 저는 베드로라고 합니다. 이 친구는, 디모테오라고 부르시면 됩니다."

베드로 신부는 험상궂은 외모와 달리 친절하고 상냥했다. 반면에 반듯해 보이는 디모테오 신부는 거의 표정이 없어서 왠지 모르게 싸늘해 보이는 인상이었다. 아니, 지금 상황이 뭔가 마음에 안 드는 것 같기도 했다. 덕분에 나는 주로 베드로 신부와 대화를 나누게 되었다. 친절한 베드로 신부는 나를 사건이 발생한 벤치로 안내했다. 놀랍게도 벤치에는 녹색 테이프로 시신의 위치까지 표시되어 있었다. 분명 자살이라고 들었는데 말이다.

"이거 경찰이 한 깃 같지는 않은데, 누가 하신 거죠?"

"아, 그건 테오가, 아니 디모테오 신부가 해둔 거예요. 여기 현장 사진도 찍어주셨고요."

베드로 신부의 말을 듣고 나는 디모테오 신부의 얼굴을 다시 쳐다

보았다. 역시나 그의 표정에서는 아무것도 읽어낼 수 없었다. 디모
테오 신부는 누가 봐도 자살로 보이는 사건의 현장을 살인 사건 조
사 현장으로 만들어놓았다. 이 사건을 자살로 생각하지 않는 것이
다. 이유가 뭘까? 소녀의 부모가 요청한 걸까? 궁금한 것들이 많았
지만, 입을 꼭 다물고 있는 사람에게 질문을 던질 기회가 별로 없었
다. 일단 나는 디모테오 신부가 지켜낸 현장을 찬찬히 살피고 그가
찍은 사진들을 내 휴대전화에 모두 옮겼다. 그사이, 천 형사가 어제
수거했던 증거품을 가지고 왔다. 유서로 보이는 편지 하나와 생수
병, 그리고 약통으로 보이는 플라스틱 통이 전부였다. 내가 편지를
집어 들자 베드로 신부가 약간 당황하는 것 같았다. 분명, 할 말이 있
는 표정이었다. 하지만 나는 베드로 신부에게 말할 기회를 주지 않
고 편지를 먼저 읽었다.

　디모테오 신부님, 사랑해요!
　천국에서 다시 만날 때까지, 잠시만 안녕!

　짧은 편지를 읽고, 디모테오 신부를 쳐다보았다. 역시나 아무런
표정이 없었다. 무어라 질문을 하려는 순간, 베드로 신부가 갑자기
나섰다.
　"제가 자초지종을 설명해드리겠습니다."
　베드로 신부는 흔히 있는 일인 양 디모테오 신부를 대신해 설명하
기 시작했다. 숨을 거둔 레아라는 소녀는 품행장애를 진단받고 치료

중이었는데, 성당에 있는 디모테오 신부에게 한눈에 반해 스토킹에 가까운 구애를 해왔다는 것이다. 베드로 신부는 이야기를 하면서도 계속 디모테오 신부의 눈치를 봤다. 자신의 증언이 조금이라도 디모테오 신부에게 누가 되지 않을까 걱정하면서. 이 두 사람의 관계는 도대체 뭐지? 사실 나는 베드로 신부의 길고 장황한 설명보다 디모테오 신부의 말 한마디가 더 듣고 싶었다. 하지만 내가 무어라 입을 떼기도 전에 디모테오 신부는 어디론가 사라져버렸다. 주임신부가 불렀기 때문이다. 어쩔 수 없이 나는 베드로 신부의 길고 장황한 이야기들을 다 들어야만 했다.

"디모테오 신부님! 저와 잠깐 이야기 좀 할까요?"

주임신부 집무실에서 나오는 디모테오 신부에게 다짜고짜 말을 건넸다. 디모테오 신부는 주임신부에게 무슨 말을 들었는지 얼굴빛이 좋지 않았다. 하지만 내 제안을 거절하지는 않았다.

"평소에 신윤미, 아니, 레아가 디모테오 신부님을 많이 따랐다고 들었는데요."

"따른 것이 아니라 저를 좋아한다는 핑계로 괴롭혔죠."

"세상에!"

"왜 그러시죠?"

"생각보다 솔직한 분이시네요?"

"질문, 계속 하시죠."

"신부님은 레아가 자살을 한 게 아니라고 생각하시는 듯한데, 이유를 여쭤봐도 될까요?"

"지금 이 상황에서 제 생각이 중요한가요?"

"중요하다기보다 궁금해서요."

"글쎄요. 제 의견이 무슨 도움이 될지 모르겠네요. 이미 자살로 판명이 난 걸로 알고 있는데."

"아직 결론이 나지 않았습니다. 사실, 명확한 근거를 찾기 위해 다시 조사를 나온 겁니다."

"사인은 뭔가요? 혹시 청산가리?"

"그걸 어떻게 아셨죠? 현장에는 수면제 통만 보였던 걸로 아는데."

"시신에서 특유의 향이 났거든요."

"신부님이 별걸 다 아시네요. 아직 부검 결과가 나오진 않았지만, 청산가리를 사용했을 개연성이 크죠. 그럼, 신부님은 청산가리 때문에 타살이라고 생각하신 건가요?"

"흠……."

"신부님? 제 질문에 답을 좀 주시죠."

"아, 죄송합니다. 질문이 뭐였죠?"

"왜 타살이라고 생각하시냐고요!"

"형사님은 자살이라는 증거를 찾으려고 오셨다면서요? 그럼 제 의견은 의미 없지 않을까요?"

"신부님은 제가 알고 있던 일반적인 신부님 캐릭터와는 많이 다르시네요!"

"일반적인 신부 캐릭터는 어떤데요?"

"좀 더 친절할 거라고 생각했거든요. 베드로 신부님처럼. 그런데 레아는 이런 신부님을 왜 그렇게 좋아했을까요?"

"보시다시피 잘생겼잖아요."

디모테오 신부는 그런 말을 내뱉고는 뒤도 돌아보지 않고 가버렸다. 어이가 없었다. 그러면서도 나는 디모테오 신부의 뒷모습이 꽤 근사하단 생각을 하고 있었다. 생각해보면 그의 말도 틀리지 않았다. 지금 나는 확실한 증거를 확보해야 하는 상황이었다. 물론, 자필 유서가 있었고, 저항한 흔적도 찾아볼 수 없으니 누가 봐도 자살이었다. 하지만 자살 동기가 분명하지 않았다. 사제를 사랑했던 소녀의 비극적인 선택으로 결론 내리기엔 왠지 모든 게 억지스러웠다. 더군다나 레아라는 소녀는 품행장애라고 하지 않았던가? 금기를 금기로 생각하지 않는 품행장애 소녀가, 사고를 쳤으면 쳤지 자살을 선택할 개연성은 희박했다. 어쨌든 레아의 죽음이 자살이든 아니든, 틀림없이 무언가 있다는 생각이 들었다. 여기엔 분명 디모테오 신부가 관련되어 있을 것이다.

#13
베드로의 시점

"얘기 들었어? 우리 성당에서 사람이 죽었대."

"나도 듣긴 들었는데, 그거 진짜야?"

"그것도 자살이래."

"우리 성당 사람?"

"응! 그 여자애 너도 알잖아! 디모테오 신부님 엄청 쫓아다니던 또라이."

"근데 설마 디모테오 신부님 때문에 자살한 건 아니겠지?"

"에이, 설마……."

"그럼, 왜 하필이면 성당에서 자살을 해?"

"찬미 예수님! 자매님들 여기서 뭐하고 계세요?"

"아, 안녕하세요. 베드로 신부님! 저희 그냥 성가 연습을 하다가…… 이제 들어가려고요."

내가 나타나자 이야기를 나누던 성당 자매들이 하나둘씩 흩어졌다. 모른 척했지만, 나는 자매들의 이야기를 다 듣고 있었다. 이미 성당 전체에 소문이 퍼진 모양이었다. 소문은 연기와도 같아서 소리 없이 어디든 퍼져나가게 마련이다. 하지만 이 사건의 소문은 예상보다 훨씬 빠르고 고약하게 번졌다. 이제 겨우 사제로 자리를 잡은 테오에게 치명적인 주홍글씨가 될 것이다. 테오는 평소보다 말이 없어졌다. 그래서 더 불안했다. 테오가 요즘 무슨 생각을 하고 있는지 짐작조차 할 수 없었다. 물론, 테오가 직접적인 타격을 받지는 않을 것이다. 하지만 식복사 사건 때처럼 이번 일로 끔찍한 과거가 망령처럼 되살아나 현재의 테오를 잡아먹을까 봐 겁이 났다.

그렇게 아슬아슬했던 며칠이 지났다. 타살 여부를 조사하던 경찰은 결국 레아의 죽음이 자살이라고 결론을 내렸다. 레아 부모님의 강력한 요청으로 부검까지 했으나 타살이라는 증거를 전혀 찾을 수 없었기 때문이다. 무엇보다 레아의 자필로 확인된 유서가 있었다. 결국, 레아는 사랑 고백 같은 유서 한 장을 남기고 자살한 비련의 소녀가 되어버렸다. 물론, 레아의 부모는 이 사실을 인정하려 들지 않았다. 다른 사람 아닌 딸이 죽었을뿐더러, 레아가 천주교에서 가장 금기시하는 자살을 해버렸으니 말이다. 결국, 레아는 장례미사를 허락받을 수 없는 존재가 되어, 가족들은 일반 병원에서 간단히 장례식을 치렀다.

레아의 발인이 있던 날은 비가 엄청나게 내렸다. 나와 유스티노 신부님은 몇몇 성도들과 함께 레아의 장례식에 참석했다. 하지만 테오는 참석할 수 없었다. 레아의 부모가 강력히 반대했기 때문이다. 대신, 테오는 유스티노 신부님의 지시로 레아의 발인 날부터 일주일간 침묵피정에 들어가야 했다. 피정은 원래 사제라면 정기적으로 해야 하는 의무였지만, 테오의 이번 피정은 유스티노 신부님의 심기가 반영된 벌칙에 가까웠다. 그럼에도 불구하고 테오는 아무런 반박도 하지 않고 유스티노 신부님의 명령에 따랐다. 나는 애써 테오를 위해 잘된 일이라 생각하기로 했다. 레아의 부모님을 필두로, 일부 성도들은 테오에게 곱지 않은 시선을 보내고 있었다. 물론 여자 성도들에게 테오는 여전히 전폭적인 지지를 받았다. 오히려 레아 자매를 욕하는 여자 성도들이 있을 정도로. 하지만 그조차 걱정스러웠다. 나는 테오가 성도들의 입방아에 오르내리는 것 자체가 싫었다.

머칠 뒤, 테오가 피정을 떠났던 수도원에서 연락이 왔다. 테오가 침묵피정 중 기도를 드리다가 여러 번 혼절을 했다는 것이다. 테오의 상태가 걱정된 수도원 수사들이 테오에게 이제 피정을 그만 멈추라고 권고했지만, 테오는 혼절에서 깨어나자마자 다시 침묵피정에 들어갔다고 했다. 수도원에서는 그러다 무슨 일이 생기면 자신들이 책임을 져야 할지 모르니 본당에서 테오에게 소환 통보를 해달라고 전화를 한 것이다. 나는 전화를 받자마자 이 사실을 유스티노 주임 신부님께 알렸다. 하지만 유스티노 신부님은 아무런 대답도 하지 않았다. 그저 나 혼자 발을 동동 구르며 걱정할 수밖에 없었다. 겉으론 멀쩡해 보였지만, 테오가 큰 충격을 받은 것이 분명했다. 그래서 기도에만 미친 듯이 매달리고 있는 것이다. 결국, 테오는 예정했던 피정을 다 마치고 본당으로 복귀했다. 피정에서 돌아온 테오의 얼굴을 보고 나는 울음을 터뜨렸다. 하지만 테오는 울고 있는 내 어깨를 몇 번 두드리더니 조용히 사제관으로 들어갔다. 그리고 마치 겨울잠을 자는 곰처럼 꿈쩍도 하지 않고 잠만 잤다. 나는 그런 테오가 걱정스러워 안나 수녀님에게 찾아가 하소연했다.

"수녀님, 테오가 좀 이상해요. 눈도 안 마주치고 계속 잠만 자요."

"테오는 지금 마음 추스릴 시간이 필요할 거야."

"이러다 정말 무슨 일 나겠어요."

"기도하자꾸나. 예전처럼 테오가 이 시련을 잘 이겨낼 수 있도록……."

하지만 나는 기도만 하고 있을 수 없었다. 안나 수녀님에게 미처 말하진 못했지만, 피정에서 돌아온 테오의 얼굴을 아주 오래전에 본 것 같았기 때문이다.

결코 기억하고 싶지 않았던 그 사건이 일어난 다음 날, 나는 테오와 함께 경찰의 보호를 받으며 병원에 입원했었다. 기본 치료와 검사를 받고 겨우 잠이 들었다가 아침에 깨어나니 옆 침대에 테오가 우두커니 앉아 있었다. 아니, 어쩌면 테오는 밤새 저러고 앉아 있었는지도 모르겠다. 그날따라 햇살이 유난히 눈부셨다. 전날 그렇게 끔찍한 일이 일어났다는 사실도 잊을 만큼. 모든 게 야속하고 아프게 느껴졌다. 햇살을 받으며 우두커니 앉아 있는 테오의 얼굴이 석고상처럼 굳어 있었다. 마치 영혼을 잃어버린 사람처럼. 얼마 뒤, 경찰들이 찾아왔다. 전날 있었던 사건에 대해 캐묻기 위해서였다. 나는 기억상실증에 걸린 사람처럼 아무 일도 기억나지 않았다. 아니, 기억하고 싶지 않았다. 경찰들이 답답해하는 사이 갑자기 테오가 말문을 열었다.

"그 사람, 그 사람이 있을 만한 곳을 알고 있어요."

경찰들은 깜짝 놀라 테오를 쳐다봤다. 테오는 종이와 펜을 찾아 간단히 주소를 적고 약도를 그리기 시작했다. 뿐만이 아니었다. 테오는 강치수가 죽인 사람들의 시신도 모두 마당 어딘가에 묻혀 있을 거라고 말했다. 경찰들은 테오의 말에 바로 움직였고 은신처에 숨어 있던 강치수를 단번에 체포할 수 있었다. 또한 시신들도 찾아내 강치수의 감춰진 살인 행각도 모두 밝혀낼 수 있었다. 사건이 어느 정도 수습된 후에 한 형사가 찾아와 테오에게 물었다. 어떻게 강치수의 은신처를 알았냐고. 테오는 영혼 없는 목소리로 대답했다.

"사람을 죽이고 나면, 항상 얼마 동안 집을 비우곤 했어요. 그때, 어디로 가는지 궁금해서 미행을 했었어요."

문제는 피정에서 돌아온 테오의 얼굴이 그날, 엄청난 고백을 했던 날의 비장한 얼굴과 닮았다는 것이다. 불안하고 초조했다. 테오가 그날처럼 또 엄청난 일을 벌일 것만 같았다.

#14
남 형사의 시점

"안녕하세요, 베드로 신부님!"

"아, 남 형사님! 안녕하셨어요? 근데 또 어쩐 일로……."

"하하, 그냥 지나가다 잠깐 들렀어요."

그렇게 말하면서 나는 계속 주변을 이리저리 살폈다. 베드로 신부는 그런 나를 보며 작게 한숨을 쉬었다. 내가 누구를 찾고 있는지 아는 것이다. 덕분에 나는 빙빙 돌리지 않고 바로 물을 수 있었다.

"디모테오 신부님은 피정에서 돌아오셨나요?"

"네, 엊그제 돌아왔어요. 이틀을 꼬박 쓰러져 자다가 이제 겨우 일어나 지금 식당에서 밥먹고 있어요."

"아, 네. 알려주셔서 감사합니다."

"근데 아직도 조사할 게 남았나요? 다 끝난 줄 알았는데."

"아, 아뇨. 그냥 제가 개인적으로 궁금한 게 있어서요. 그럼, 나중에 또 봬요."

대충 인사를 하고 후다닥 식당으로 향했다. 텅 빈 식당 한쪽 구석에서 디모테오 신부가 혼자 밥을 먹고 있었다. 나는 발뒤꿈치를 살짝 들고 소리 나지 않게 살금살금 다가갔다. 뒤에서 보니 그는 밥 대신 죽을 먹고 있었다. 그래서일까? 뒷모습이 왠지 수척해 보였다. 탁자 위에는 멀건 죽과 단무지 몇 조각, 그리고 종지에 담긴 간장이 있을 뿐이다. 테오는 그런 단출한 밥상에도 집중하지 못하고 틀어놓은 텔레비전 화면만 뚫어지게 쳐다보고 있었다. 그런 디모테오 신부에게 차마 말을 걸 용기가 나지 않아서 바로 뒤 탁자에 조용히 앉았다. 디모테오 신부가 밥을, 아니 죽을 다 먹을 때까지 기다릴 작정이었다.

"물론, 사이코패스들이 모두 살인범이 되는 것은 아닙니다. 하지만 대부분의 연쇄살인범은 사이코패스입니다. 그들은 살인을 반복하면서 살인 기술을 발전시킬 수 있습니다. 기본적인 양심이 없을 뿐만 아니라 죄책감을 느끼지도 못합니다. 벌을 준다고 해서 자신의 죄를 뉘우치지도 않으니 사실 시간을 줄 필요도 없습니다. 일부 사형 집행을 반대하는 사람들은 사이코패스는 인격장애가 있을 뿐이니, 이를 치료하면 된다고 말합니다. 분명히 말씀드리겠습니다. 사이코패스라고 일컫는 반사회적 인격장애는 현대의학으로는 치료할 수 없습니다. 다른 말로 하면, 이 세상에 사이코패스를 정상으로 만들 수 있는 의사는 단 한 명도 없다는 것입니다. 지능 정도나 환경에 따라 다를 수 있겠지만, 그들은 정신과 의사들의 심리치료를 이용해 인간의 심리를 학습해 더 악랄하고 더 지능적인 살인마로 성장할 수도 있습니다. 그래서 사이코패스만은 반드시 사형을 집행해야 한다고 말씀드리는 겁니다."

　디모테오 신부가 보고 있는 방송은 여러 정치적 문제를 두고 찬반 토론을 하는 프로그램이었다. 오늘의 주제는 사형 집행 재개였다. 얼마 전 당선된 대통령이 범죄와의 전쟁을 선포하며 20년 동안 실행되지 않았던 사형 집행을 재개하겠다는 의지를 표명하자, 각종 종교단체와 인권단체들은 반대 성명을 발표하고 정부 방침과 정면 대립하기 시작했다. 시사 프로그램에서는 각계각층의 전문가들을 패널로 등장시켜 말싸움을 시키고 있는 것이다. 물론, 이 사안 때문에 우리 경찰 내부에서도 말들이 많았다. 힘들게 잡은 강력범들 다시 풀어주지 않게 되어 잘 되었다는 사람들도 있었고, 사형 집행으로 일어날 수 있는 현실적인 문제들을 걱정하는 사람들도 있었다. 하지만 각자 생각이야 어떻든 결국 신임 대통령 뜻대로 사형 집행이 재개될 거라는 데 의견을 같이했다. 대통령의 공약들 중에 처음으로 실행에 나서는 데다 꽤 많은 국민들의 지지를 받는 일이었기 때문이다. 이미 답이 정해진 사안을 두고 저렇게 열심히 토론할 필요가 있나 싶어, 조금 우습단 생각도 들었다. 그런데 디모테오 신부는 왜 저런 토론 프로그램에 빠져 밥도 제대로 먹지 못하고 있는 걸까? 특히, 사이코패스들은 반드시 사형시켜야 한다고 주장하는 정신과 의사의 얼굴에서 거의 눈을 떼지 못했다. 혹시 아는 사람인가? 어쨌거나 이러다간 그의 식사가 언제 끝날지 알 수 없을 지경이라 용기를 내어 디모테오 신부에게 말을 걸었다.

"저기, 디모테오 신부님?"

역시나 디모테오 신부는 텔레비전 토론에 집중하느라 대답이 없었다. 어쩔 수 없이 나는 자리에서 벌떡 일어나 디모테오 신부 맞은편 자리에 털썩 앉아버렸다.

"디모테오 신부님?"

"아, 네."

"설마 제가 누군지 기억 못 하시는 건 아니죠?"

"형사님께서 여긴 무슨 일로……."

"지난번에 안 해주신 대답을 이젠 들을 수 있을 거 같아서 찾아왔어요."

"아, 네. 근데 질문이 뭐였죠?"

"왜 타살이라고 생각하셨는지 물었었죠."

"자살이라고 결론 났다고 들었는데, 아닌가요?"

"네, 저희는 그렇게 결론을 내렸습니다. 타살이라는 증거가 하나도 나오지 않았거든요."

"그런데 그걸 왜 아직도 궁금해하시는 거죠?"

말문이 막혔다. 레아의 죽음이 자살이었다고 결론을 내렸지만, 조사를 하면 할수록 동기가 명확하지 않아 찜찜했던 터였다.

"레아의 사건을 조사하면서 레아의 품행장애 치료를 맡았던 정신과 전문의를 만났어요. 그분 말씀이, 레아가 자살하기 직전에 누군가에게 무시당해 엄청난 모멸감을 받고 괴로워했다는 거예요. 혹시 신부님은 제가 모르는 무언가를 알고 계신가요?"

"형사님이 만난 정신과 전문의가 혹시 지금 텔레비전에 나오는 저 분 맞나요?"

디모테오 신부는 내 뒤에 있는 텔레비전을 가리켰다. 뒤를 돌아봤다. 때마침 예의 정신과 의사가 발언을 하고 있었다.

"네, 맞아요. 근데 그걸 어떻게 아셨어요?"

"역시, 그랬군요."

"아는 분인가요?"

"알고 있다기보다, 예전에 만난 적이 있죠."

순간, 뭔가 섬뜩한 기분이 들었다. 수척하고 무기력해 보였던 디모테오 신부의 얼굴에 야릇한 화색이 돌았기 때문이다. 어느새 묘한 미소까지 퍼지는 것 같았다.

"형사님은 레아가 저 때문에 죽었다고 믿고 싶으신 거죠?"

"아니, 꼭 그렇다는 얘긴 아니지만. 그래도 일부분 책임은 있다고 생각해요."

"제가 레아의 죽음에 죄책감을 느껴야 한다는 말씀인가요?"

"물론, 신부님 입장에선 신부님답게 행동을 하신 거겠죠."

"그런데 왜 저는 형사님이 제 자백이라도 받으러 오신 것 같은 기분이 들까요?"

"그게 아니라 저는 그냥 레아가 자살한 진짜 이유를 알고 싶은 거예요."

"그러니까 그 이유를 왜 저한테 물어보시냐는 겁니다."

"디모테오 신부님! 사람이 죽었어요. 그것도 신부님을 짝사랑하던 소녀가 신부님의 이름을 부르면서 죽어갔다고요. 죄책감까지는 아니더라도 어느 정도 미안한 마음은 들어야 하지 않을까요?"

"이제야 본심을 말씀하시는군요. 좋아요. 그렇다면 저도 한 말씀 드리죠. 기독교인 입장에서 자살은 무엇보다 중요한 십계명을 어긴 죄악입니다. 살인을 하지 마라. 그 말에는 자기 자신도 포함되어 있으니까요."

"왜 갑자기 그런 얘기를……."

"레아가 정말 자살을 한 거라면 자신의 죽음을 선택한 사람도, 십계명을 어긴 사람도, 그로 인해 수많은 사람들에게 슬픔을 안겨준 사람도 레아인데 왜 지금 제가 형사님한테 이런 추궁을 받아야 하는 거죠? 오히려, 레아 때문에 제 입장만 곤란해졌다는 생각은 안 해보셨나요?"

"아니, 그게……."

"더구나 이 사건은 다른 사람 아닌 남 형사님이 직접 자살로 종결한 사건입니다. 그런데 왜 여기까지 찾아와서 저한테 이런 말씀을 하시는지 정말 이유를 모르겠네요."

그렇게 말하며 디모테오 신부는 내 얼굴을 뚫어지게 쳐다봤다. 당혹스러웠다. 그의 시선을 피할 수가 없었다. 숨이 조금 차더니 어느새 얼굴도 빨갛게 달아올랐다. 하지만 디모테오 신부는 여전히 시선을 거두지 않았다.

"혹시, 남 형사님! 저를 좋아하시나요?"

"네? 뭐라고요? 무슨 그런 터무니없는 말을."

"아니라면, 남 형사님은 왜 지금 제 앞에 계신 건가요?"

"그거야. 자살 동기가 확실치 않아서……."

"그럼, 형사님도 레아의 죽음이 자살이 아니라고 생각하시는 건가요?"

"그래요, 뭐 그렇다고 치죠."

"그게 사실이라면, 저보다는 레아와 주변 사람들을 좀 더 조사해 보시는 게 좋을 거예요. 여기까지 찾아오신 열정을 발휘해서라도 말이죠. 저는 이제 그만 일어나도 될까요?"

식은 죽은 건드리지도 않은 채, 말이 끝나자마자 디모테오 신부는 자리에서 일어섰다. 식당 밖으로 걸어 나가는 디모테오 신부의 뒷모습을 멍하니 바라보며, 나는 머리를 탁자에 찧고 싶은 충동을 느꼈다. 보기 좋게 한방 먹었을 뿐만 아니라 디모테오 신부의 말은 하나도 틀린 게 없었다. 도대체 나는 오늘 여기 와서 무얼 하고 있는 걸까? 설마, 정말로 디모테오 신부를 좋아하는 걸까? 민망하고 부끄러운 마음에 머리를 쥐어뜯으며 발을 동동 굴렀다. 하지만 부끄러움은 좀처럼 가시지 않았다. 덕분에 디모테오 신부가 떠난 후에도 꽤 오랫동안 발 구르기를 멈출 수 없었다.

#15

강치수의 시점

"그동안, 잘 지내셨나요?"

"망할 놈의 자식! 내 꼴이 어떤지 구경이라도 하러 왔냐? 왜, 혹시라도 내가 살려달라고 너한테 구걸이라도 할까 봐?"

"아닙니다."

"걸쳐 입은 걸 보니, 기어코 사제가 된 모양이군."

"네, 보시다시피."

"미친 새끼. 넌 확실히 나보다 훨씬 더 악랄한 놈이야."

"뭐라고 욕하셔도 상관없습니다. 이게 제 길이니까요. 그리고 이제 그만 노여움은 푸세요. 어쩌면 오늘이 마지막 면회일지도 모르는데."

"그래? 그렇다면 마지막이니 내가 충고 한마디 해주지. 내가 살면서 가장 후회되는 일이 뭔지 알아? 그날, 널 내 손으로 죽여버리지 못한 거야. 네 어미처럼 너도 그냥 숨통을 끊어놨어야 했는데. 그게 천추의 한이다. 그러니 너도 누군가 죽여버리고 싶은 놈 있거든 망설이지 말고 바로 죽여! 알았지? 그래야 나 같은 꼴 당하지 않을 테니까."

"마지막 가시는 길…… 평안 얻으시길 기도드리겠습니다."

"기도 따위는 널 위해서나 해. 검은 놈은 아무리 백색 칠을 해도 검은 놈이니까. 누가 뭐래도 너는 내 아들이야. 알아들어? 그러니 착한 척하려고 너무 애쓰지 마. 결국, 우리 같은 놈들은 지옥에서 다시 만날 운명이니까!"

열불이 터져서 도저히 앉아 있을 수가 없었다. 바로 자리에서 일어섰다. 마지막이라 좋은 것은 이제 다시는 저 개자식의 얼굴을 보지 않아도 된다는 점이다. 교도소에 들어온 지 벌써 20년이 흘렀다. 모든 게 다 저 개자식 때문이었다. 이런 데서 내가 20년이나 버틸 수 있었던 이유는 저 개자식을 언젠가 내 손으로 죽이고 말겠다는 일념 하나 때문이었다. 그런데 이제 마지막 희망마저 이룰 수 없게 되었다. 개 같은 사형 집행이 재개되기 때문이다. 새로 들어선 정부, 아니 썩을 놈의 윗대가리들이 강력범죄를 예방한다는 이유로 연쇄살인범의 사형 집행을 되살려놓은 것이다. 20년 만에 사형 집행 방침이 발표되고, 악랄하고 패륜적인 연쇄살인범들의 이름이 줄줄이 명단에 올라왔다. 물론, 그중에서 가장 유명했던 나는, 첫 번째 대상으로 선정되었다. 이 소식은 각종 언론사에 의해 바로 퍼져나갔고, 화려했던 나의 과거 행적들은 20년 만에 다시 세상에 까발려졌다. 물론,

사형 집행에 대한 정당성을 부여받기 위해 정부와 언론이 짜고 치는 고스톱이었다. 사형수 명단을 접한 대중들은 다시 들불처럼 분노했고, 이는 사형 집행의 아주 든든한 명분이 되어주었다. 그런 와중에 테오 개자식이 나를 마지막으로 농락하겠다고 면회를 온 것이다. 녀석의 가식은 끝까지 역겨웠고 진절머리가 났다. 사제복을 차려입고 보란 듯이 나를 조롱하는 모습이라니! 나는 개자식을 보고 천불이 나서 내 머리통이라도 때려 부수고 싶었다. 도대체 왜 나는 그때, 저 개자식을 죽이지 못했단 말인가?

##

그때 나는 테오의 친구 새끼를 망치로 막 때려 죽이려던 참이었다. 그런데 갑자기 그 새끼 누이가 달려들어 망치에 맞고 꼬꾸라졌다. 정말 어처구니가 없는 일이었다. 사실, 그렇게 쉽게 보낼 생각은 없었다. 재미가 없으니까. 더군다나 누이라는 년은 뒈지면서까지 어찌나 자기 동생을 꼭 껴안았는지, 죽은 년한테서 동생을 떼어놓기가 이가 갈릴 만큼 힘들었다. 망치를 옆에 내려놓고 두 손으로 떼어내야 했다. 연놈을 겨우 떼어놓았지만, 계집년은 이미 뒈져버렸고, 사내 새끼는 기절을 했는지 시체처럼 축 늘어져 꼼짝도 하지 않았다. 갑자기 김이 쭉 빠졌다. 상대가 지랄 맞게 저항하지 않으면 좀처럼 짜릿한 쾌감을 맛볼 수 없었다. 녀석이 깨어날 때까지 기다려볼까? 곧 있으면 마누라와 테오가 집으로 돌아올 텐데. 그래, 이런 의식은

관객이 없으면 재미가 없지.

사실, 그날 마누라까지 죽일 생각은 없었다. 아침부터 테오와 마누라가 나를 화나게 만들었기 때문에, 그에 합당한 벌을 주려고 했을 뿐이다. 둘은 항상 나를 화나게 만들었다. 늘 둘이서만 한 편이 되어 나를 미친놈 취급했다. 단순한 매질은 잘 들어먹지도 않고 재미도 없었다. 그렇다고 홧김에 둘 다 죽여버릴 수도 없었다. 그만한 인질을 구하기 힘들다는 것을 알기 때문이다. 물론, 곁에 두고 괴롭히는 재미도 쏠쏠했다. 그래서 생각했다. 마누라와 테오에게 내릴 수 있는 가장 가혹한 벌이 무엇일까? 생각해보니 간단했다. 두 사람과 친분이 있는 사람을 괴롭히면 되는 것이다. 마누라는 자신 때문에 누군가 다치거나 손해 보는 것을 끔찍이도 싫어하는 사람이니까.

오랜만에 지하실 청소를 하고 장비들도 꼼꼼히 점검했다. 준비를 마치고, 마누라와 테오가 있는 시장으로 향했다. 적당한 대상을 물색하기 위해서였다. 시장 골목 어딘가에 숨어서 테오와 마누라의 일거수일투족을 지켜봤다. 놀라운 것은 테오라는 녀석이 집 밖에서는 아주 딴사람이라는 것이다. 항상 내 앞에선 석고상 같은 얼굴로 맹랑하게 무언가를 노려보던 녀석이었는데, 밖에서는 웃기도 하고 말도 제법 하는 것 같았다. 갑자기 울화가 치밀면서 속이 뒤집혔다. 표현은 잘 하지 않았지만, 나는 평소 테오 녀석을 꽤나 맘에 들어 했다. 나와 닮은 구석이 많다고 생각했기 때문이다. 그래서 녀석을 더 가혹하게 시험하고 못살게 굴었는지도 모르겠다. 하지만 지금 와서 생각하니 테오는 나를 닮은 것이 아니었다. 나보다 백배는 더 영리하고 사악한 괴물이었다.

테오와 아내를 몰래 지켜본 지 두 시간이 지났을 무렵, 어수룩하고 불쌍해 보이는 남매가 테오와 마누라에게 접근했다. 왠지 모르게 낯이 익은 녀석들이었다. 누굴까, 곰곰이 생각하다가 성당 고아원 녀석들이라는 것을 알아챘다. 마누라가 반기는 것을 보니, 테오와도 꽤 친한 모양이다. 갑자기 심장이 두근거리기 시작했다. 녀석들은 최상의 먹잇감이었다. 우선, 고아원 애들이니 실종된다고 해도 크게 문제 될 것이 없었다. 거기다 테오의 친구고 아내와도 잘 아는 사이다. 모든 조건이 완벽하게 맞아떨어진다는 생각이 들자, 입가에서 웃음이 실실 비집고 나왔다. 테오와 마누라의 버르장머리를 고쳐 줄 수 있는 절호의 기회였다.

드디어 대문이 열리는 소리가 들렸다. 테오와 마누라가 집으로 돌아온 것이다. 그러자 마음이 급해졌다. 재빨리 수도꼭지를 틀고, 기절한 녀석의 얼굴에 샤워기 물줄기를 쏟아부었다. 차가운 물을 뒤집어쓰더니 기절한 녀석이 움찔거리며 깨어나기 시작했다. 급한 마음에 녀석의 뺨을 사정없이 내려쳤다. 녀석이 눈을 동그랗게 떴다.

"이제, 일어났니? 아직 관객도 안 왔는데, 주인공이 벌써 뒈지면 안 되지."

"으악! 누나, 누나! 누나 좀 살려주세요!"

동생 녀석이 옆에 쓰러져 있는 누나를 보고 자지러지게 비명을 질렀다. 열두 살 꼬마치고는 목청도 좋고 기운도 좋았다. 녀석이 누나를 살려달라며 갑자기 내 다리를 부여잡았고 내 몸뚱이가 휘청거렸다. 이 새끼 봐라? 뭐, 상관없었다. 이참에 녀석의 고함 소리를 아내와 테오가 들으면 되니까. 외마디 비명을 들으니 나도 서서히 흥분되기 시작했다. 이제 본격적으로 의식을 시작해볼까?

"꼬마야! 너도 누나처럼 빨리 돼지고 싶은 거야?"

"살, 살려주세요!"

"그럼, 이걸 좀 놓으라고!"

소용없었다. 녀석은 내 다리를 놓긴커녕 오히려 더 꽉 껴안았다. 짜증이 살짝 올라왔다. 녀석이 이렇게 가까이 붙어 있으면 망치로 내려치기 어려웠다. 어쩔 수 없이 나는 망치를 바닥에 잠시 던져두고 거머리 같은 녀석을 떼어보려고 했다. 하지만 만만치 않았다. 결국 내 성질에 못 이겨 주먹으로 녀석의 얼굴을 몇 번 내리찍었다. 내 손엔 커다란 은반지가 끼여 있었기 때문에 녀석의 얼굴에 커다란 상처가 나면서 붉은 피가 보기 좋게 흘러내렸다. 하지만 녀석은 끝끝내 다리를 놓지 않았다. 열불이 머리끝까지 뻗칠 무렵, 매달려 있던 녀석이 갑자기 바닥에 놓아둔 내 망치를 집어 들었다. 요것 봐라? 코웃음이 나왔다. 망치를 쥔 녀석의 손이 부들부들 떨리고 있었다. 나는 번거로워졌다는 생각을 하며 허리에 찼던 칼을 꺼내 들었다. 그러자 녀석이 울음을 터뜨리며 무어라 중얼중얼거렸다. 나는 걸쭉한 욕을 내뱉으며 녀석의 손을 발로 걷어찼다. 망치가 저만치 나가 떨어졌다.

동시에, 지하실 문이 벌컥 열렸다. 마누라였다. 그런데 평소 마누라의 얼굴이 아니었다. 뭐지? 저 낯짝은? 이상하다 생각하며 나는 나가떨어진 녀석의 멱살을 잡아챘다. 그러자 마누라가 비명을 질렀다. 놀라진 않았지만, 비명 소리가 귀에 거슬렸다. 아무리 외딴 집이라고 해도 지하실 문을 열어둔 채 저렇게 소리를 지르면 지나가던 사람이 들을 수 있었다. 다행히 마누라는 비명을 멈추고 녀석의 누나가 쓰러져 있는 곳으로 달려갔다. 숨을 쉬는지 안 쉬는지 확인하더니 곧바로 울음을 터뜨렸다.

"주여! 이 악마를 제발 거두어주소서!"

비장한 마누라의 절규가 이상하게 듣기 좋았다. 마누라가 내게 보인 첫 번째 반항이었기 때문이다. 그런 마누라의 반항을 다시 보고 싶은 마음에 나는 녀석의 멱살을 더 세게 움켜쥐었다. 그러자 마누라가 짐승처럼 울부짖으며 고개를 절레절레 저었다. 이제 그만하라는 뜻이었다. 하지만 나는 멈출 수가 없었다. 너무도 짜릿했다. 씽긋 웃으며 칼을 녀석의 목 주변에 가져다 댔다. 그때, 지린내가 훅 하고 올라왔다. 녀석이 오줌을 싼 것이다. 좀 더 시간을 끌고 이 짜릿함을 만끽하고 싶었는데, 녀석의 오줌 냄새 때문에 모든 것을 망쳤다. 신경질이 나서 칼을 치켜들었다. 마누라가 다시 비명을 질렀다. 내가 멈추려고 하지 않자, 마누라는 바닥에 떨어져 있던 망치를 집어 들었다. 헛웃음이 났다. 마누라의 손도 조금 전 이 녀석처럼 심하게 떨리고 있었다. 짜릿한 쾌감이 다시 몰려드는 순간, 마누라가 예고 없이 망치를 들고 내게 달려들었다. 놀란 나머지 달려든 아내의 허리춤에 본능적으로 칼을 꽂아버렸다. 아내는 '악' 소리 한 번 내보지 못하고 꼬꾸라졌다. 화가 머리끝까지 치솟은 나는 마누라의 등에 못을 박듯 연달아 칼질을 했다. 정말이지 나는 마누라까지 죽일 생각은 눈곱만치도 없었다. 미친년처럼 달려들어 제 명을 재촉하지 않았다면, 정말이지 그날은 아무런 일도 일어나지 않았을 것이다. 열 번이 넘게 아내의 등에 칼을 내리꽂고 나서야, 나는 정신이 들었다. 흘러내리는 피처럼 홍건하게 욕설도 흘러나왔다. 그때 문득, 누군가 나를 쳐다보는 시선이 느껴졌다. 고개를 돌려 보니 지하실 문 앞에서 테오가 나를 노려보고 있었다. 나와 눈이 마주쳤지만, 테오는 울지도 소리치지도 않고 조각상처럼 가만히 서 있었다. 젠장, 기분이 더러워졌다. 테오의 서늘한 시선이 내 몸 구석구석을 헤집고 있는 것 같았다.

내가 남들과 많이 다르다는 사실을 인지한 것은 어린 시절 동네 강아지를 처음 죽였을 때였다. 그날 나는 학교 수업을 마치고 집으로 돌아가는 길이었다. 골목 어귀에서 주인 없는 개가 다리를 다쳤는지 절뚝거리며 걸어가는 게 보였다. 나는 생각했다. 저 녀석을 죽여줘야겠다고. 어차피 저렇게 쩔뚝거리며 다녀봐야 고통만 더 커질 거라고. 주변을 살펴보니 마침 근처에 공사장이 있었다. 덕분에 꽤 그럴싸한 망치 하나를 손에 쥘 수 있었다. 망치를 들고 절뚝거리는 강아지에게 다가갔다. 강아지가 나를 빤히 쳐다봤다. 강아지가 '제발 나를 죽여주세요!'라고 말하는 것 같았다. 망설일 이유가 없었다. 망치를 힘차게 들어 올려 강아지 머리를 내리쳤다. 강아지에게 영원한 안식을 줄 거라 믿으며. 하지만 그런 내 진심을 이해해주는 사람은 아무도 없었다. 친구들은 나를 보자마자 비명을 지르며 달아났다. 동네 어른들도 피범벅이 된 나를 보고 아무 말도 하지 못했다. 그제야 나는 깨달았다. 내가 남들과 아주 많이 다르다는 것을. 그런데 왜 지금 이 순간 어린 시절 생각이 났을까? 문 앞에 서서 나를 빤히 바라보고 있는 테오가 그때의 나와 많이 닮았다는 생각이 들었던 것이다.

그렇게 물고 빨던 엄마가 죽어가는 모습을 바라보며 테오는 도대체 무슨 생각을 하는 걸까? 무슨 생각을 하기에 저렇게 태연할 수 있단 말인가? 테오는 분명 어린 시절의 나처럼 남들과 다른 생각을 하고 있을 것이다. 아니, 어쩌면 나보다 훨씬 뛰어난 생각을 하고 있을지도 모르겠다. 갑자기 테오를 이대로 살려두면 안 되겠다는 생각이 들었다. 그래서 마누라 등에 꽂혀 있던 칼을 뽑아 들고 테오에게 가까이 오라는 손짓을 보냈다. 그러자 테오는 겁도 없이 성큼성큼 다가왔다. 테오가 가까이 올수록 나는 심장이 두근거렸다. 반면에 테오의 얼굴에서는 어떤 슬픔도 두려움도 찾아볼 수 없었다. 그러자 이상하게도 칼을 쥔 내 손이 떨리기 시작했다. 쫄팔렸다. 떨림을 가리기 위해, 손을 등 뒤로 숨겼다. 거의 한 걸음 정도 남겨두고, 테오가 걸음을 멈췄다. 순간, 내 호흡도 멈췄다. 한 걸음만 더 다가오면 죽여버리려고 했는데, 아쉬웠다.

"살려주세요!"

누구보다 당당해 보였던 테오가 갑자기 내 앞에서 무릎을 꿇었다. 이건 뭐지? 괜히 실성한 사람처럼 피식피식 웃음이 나왔다. 테오를 죽여야 할지 말아야 할지 망설여지기도 했다. 그때, 환청처럼 경찰차 사이렌 소리가 아득하게 들렸다. 그럼 그렇지! 테오 저놈이 경찰에 신고를 하고, 지금 내 앞에서 쇼를 하고 있는 것이다. 여우 같은 새끼! 결국, 그날 나는 칼을 휘둘러 테오의 숨통을 끊어놓지 못했다. 이유는 지금도 잘 모르겠다. 초조했기 때문일까? 마음만 먹으면 테오 정도는 언제라도 죽일 수 있다고 생각했던 걸까? 어쨌든, 그런 안일한 생각 때문에 나는 평생을 교도소에서 썩어야 했다. 평생 후회할 짓을 한 줄도 모르고 나는 테오를 남겨두고 집을 나섰다. 당분간 시끄러워질 게 뻔하니 은신처에 몸을 숨기기 위해서였다. 하지만 더는 거기에 숨어 있을 수 없었다. 여우 같은 테오 새끼가 내 은신처를 알고 있었던 것이다.

내가 면회실을 나가려고 하자 테오도 자리에서 일어섰다. 그러고는 내 뒤통수에 대고 마지막 개소리를 날렸다.

"전 괜찮습니다. 하지만 어머니한테는 꼭 용서를 빌어주세요!"

나가려던 발걸음을 멈췄다. 가슴속에서 불덩이 하나가 치밀어 오르는 것 같았다. 누가 누굴 용서해? 역겨운 새끼! 녀석이 무릎을 꿇고 목숨을 구걸하던 모습이 떠올랐다. 저 자식은 그때 죽여버렸어야 했는데. 후회하고 또 후회했다. 만약 누군가 사제복 속에 잘 감춰져 있는 테오의 사악함을 만천하에 까발려줄 수 있다면, 그자를 위해 나는 기꺼이 목숨을 바칠 것이다. 하지만 이제 죄다 틀려버렸다. 이제 나는 꼼짝없이 사형장으로 끌려가 죽을 수밖에 없는 신세가 되었다.

#16
베드로의 시점

'저희에게 잘못한 이를 저희가 용서하오니…….'

이 구절을 입 밖에 낼 때마다 양심의 가책을 받는다. 아직도 나는 누나를 죽인 강치수를 진심으로 용서하지 못했기 때문이다. 한편으론 궁금하기도 했다. 테오는 과연 강치수를 용서했을까? 그래서 바가지로 욕을 먹으면서도 매번 강치수 면회를 가는 걸까? 그런 잡생각에 빠져 있는데 기도실을 나서는 테오가 보였다. 테오를 따라 기도실을 나섰다. 오늘따라 더 우울해 뵈는 테오의 어깨가 한쪽으로 기울어져 있었다. 그런 테오의 어깨를 바라보며 조심스럽게 물었다.

"무슨 일 있었어?"

"아니."

"어제 아버지 만나 뵙고 왔다며?"

"응. 이번이 마지막일 거 같아서."

이상한 침묵이 흘렀다. 테오가 말이 없어도 항상 나 혼자 떠들곤 했는데, 오늘은 이상하게 딱히 할 말이 없었다. 그러자 테오도 이상했는지 나를 힐끔 쳐다봤다. 그러고는 평소와 다른 목소리로 내 이름을 불렀다.

"베드로!"

"응?"

"정말, 미안하다."

"갑자기 뭐가?"

"내 아버지라고 불리는 사람은 죽었다 깨어나도 자기 잘못을 뉘우치지 못할 거 같아서. 그러니 나라도 너한테 용서를 빌어야지."

"무슨 소리야? 새삼스럽게. 그리고 너도 알잖아, 네가 미안해할 필요 없다는 거."

말은 그렇게 했지만, 나는 테오의 얼굴을 차마 쳐다볼 수 없었다. 사실, 지금까지 우리는 그날 일이나 강치수에 대해 일언반구 입 밖에 낸 적이 없었다. 차마 꺼내놓을 수 없는 상처이자 금기였다. 그래서 한맺힌 나의 속마음을 테오에게 드러내고 싶지 않았다. 나보다 테오의 마음이 더 썩어 문드러져 있음을 잘 알고 있기 때문이다.

"테오야, 기분 나쁘게 생각하지 말고 내 말 한 번만 들어줄래?"

"무슨 말인데? 얘기해봐."

"너 침묵피정 갔을 때 기도하다가 몇 번씩 혼절했다고 들었어. 그리고 어제는 사형 집행을 앞둔 아버지한테도 다녀왔고."

"그래서 뭐?"

"너 지금 많이 불안해 보인다고."

"괜찮아. 너도 알잖아? 나 엄청 단단한 사람인 거."

"아니, 넌 절대 그렇지 않아. 그래서 너무 걱정이 돼. 그러니까 혼자서만 끙끙 앓지 말고 누구한테라도 좀 털어놔 봐."

"너한테는 항상 털어놓잖아!"

"아니, 나 같은 사람 말고."

"그러니까 네 말은 전문가한테 상담을 받아보라는 거구나?"

"응, 지금 너한텐 무엇보다 필요한 일 같아서."

"그때 말했던 마 교수?"

"맞아. 저번에 얘기했었지? 너에 대해 이미 다 알고 계신 분이니까 오히려 편할 것도 같고."

"그 사람, 나를 기억하려나?"

"당연하지. 나도 기억했는데 뭐."

"너도 상담을 받은 적이 있는 거야?"

"응? 아니, 그건 아니고. 그냥 몇 번 마주친 정도."

내가 그렇게 얼버무리자 테오가 내 얼굴을 빤히 쳐다보다가 피식 웃었다. 왜 웃느냐고 물어보고 싶었지만, 묻지 못했다. 테오가 바로 상담을 받아보겠다고 말했기 때문이다. 어쨌든 다행이었다. 테오가 마 교수와 대면한다는 게 내심 걸리기는 했지만, 지금 테오에겐 유능한 전문가의 도움이 반드시 필요했다. 또한, 마 교수는 어린 시절의 테오와 상담을 한 적이 있으니 테오가 자신의 이야기를 시시콜콜하지 않아도 될 거라고 생각했다.

#17

김 간호사의 시점

진료실 문이 열리면서 문 안쪽으로 검은 그림자가 길게 드리워졌다. 고개를 들어 한참을 올려다보았다. 세상에나! 믿기 힘들 정도로 잘생긴 남자가 문 앞에 서 있었다. 말문이 막혔다. 아니, 감격에 가까운 탄식이 소리 없이 흘러나왔다. 깊이를 알 수 없을 만큼 까맣고 아득한 눈, 살포시 올라간 속눈썹, T존을 따라 흐르는 날렵한 콧날과 턱선, 야무지게 다물어져 적당히 붉어진 입술! 모든 게 완벽했다. 만화책을 스스로 찢고 튀어나온 주인공 같기도 했다. 물론, 나 혼자만의 생각은 아니었다. 함께 일하고 있는 이 간호사도, 대기 중인 환자들도, 이상하리만치 잘생긴 남자한테 시선을 빼앗겼다. 마치 인기 스타가 공항에 도착한 순간, 그를 바라보기 위해 몰려든 팬들의 모습 같기도 했다. 사람들의 시선이 민망했는지 남자는 헛기침을 가볍게 했다. 어쩌면 내가 정신 차릴 기회를 주었는지도 모르겠다. 덕분에 나는 정신을 차리고, 사심 가득한 눈빛을 감추지 못한 채 간호사로서 늘 하는 질문을 했다.

"혹시, 처음 오셨나요?"

"네, 그런데 예약은 되어 있을 겁니다."

"접수증에 이름이랑 연락처 적어주시고, 저기 앉아서 잠시만 기다려주세요."

어쩜, 목소리도 좋다! 나는 다시 한 번 그의 얼굴을 힐끗 보고 혼자 비실비실 웃었다. 그와 대화를 해봤다는 자부심이 머리 꼭대기까지 치솟았다. 그가 길고 우아한 손가락으로 펜을 잡았다. 그리고 접수증에 자신의 이름과 연락처를 멋지게 적었다.

이름: 강태오

연락처: ×××-××××-××××

강태오! 어쩜, 이름까지 멋있다! 옆에 앉아 있던 이 간호사가 자꾸만 내 옆구리를 찔렀다. 잘생긴 남자와 대화를 나눈 내가 부러운 걸까? 나는 방해하지 말라는 의미로 이 간호사에게 살짝 윙크를 했다. 그런데 저렇게 잘생긴 남자가 무슨 일로 정신과에 찾아왔을까? 더군다나 그는 무료 진료로 예약이 되어 있었다. 안 그래도 요즘 무료 진료가 늘어나 짜증이 좀 났었는데, 오늘은 전혀 그렇지 않았다. 그때, 항상 예정 시간보다 오래 진료를 받던 복순 할머니가 평소보다 일찍 진료실에서 나왔다. 오늘 같은 날은 좀 더 오래 계셔도 좋으련

만. 복순 할머니의 다음 예약 일을 잡으면서도 괜히 가슴이 콩닥콩
닥 뛰었다. 잘생긴 남자가 계속해서 나를 주시하고 있었다. 복순 할
머니 예약이 끝나자 살짝 현기증도 났다. 이제, 그의 이름을 불러야
할 차례이기 때문이다.

"강태오님. 진료실로 들어가세요."

그가 자리에서 벌떡 일어나 내게 살짝 고개를 숙이며 인사했다.
얼굴이 화끈 달아올랐다. 그가 진료실로 들어가자마자, 나는 입을
틀어막은 채 성은을 입은 무수리처럼 기뻐했다.

#18
마 교수의 시점

"안녕하세요, 마 교수님!"

"어서 오세요. 디모테오 신부님!"

"베드로한테 말씀 많이 들었습니다."

"하하, 반갑습니다. 신부님을 이렇게 다시 만나게 될 줄은 꿈에도 몰랐습니다."

베드로 신부로부터 테오가 상담을 받으러 올 거라는 전화를 받았을 때, 나는 믿기지 않았다. 테오는 상담 따위는 절대 받지 않을 거라 생각했기 때문이다. 내 기억으로 테오는 상담 받는 것을 극도로 싫어하는 아이였다. 아니, 어쩌면 자신의 마음을 드러내는 일이 싫었는지도 모르겠다. 그랬던 테오가 지금 제 발로 상담을 받겠다고 찾아온 것이다.

"사실, 베드로 신부님 전화를 받고 깜짝 놀랐습니다."

"왜죠?"

"디모테오 신부님은 상담 받기를 좋아하지 않으실 거라고 생각했거든요."

"이런 상담을 좋아서 받는 사람도 있을까요?"

"하하, 그렇네요. 제가 괜한 얘기를 한 것 같습니다. 그럼, 이제 상담을 시작해볼까요?"

"네, 저는 준비가 되어 있습니다."

"좋습니다. 그렇다면, 먼저 이 자리에 오신 이유를 말씀해주실 수 있을까요?"

"마음이 불편해서요."

"무엇 때문에 마음이 불편하신지 말씀해주실 수 있나요?"

"글쎄요. 사람들의 편견 어린 시선? 아니면, 아버지라는 사람에 대한 양가감정? 사형 집행?"

"그렇게 쉽게 말씀하시니, 둘 다 아닌 것 같네요."

"그런가요? 그럼 선생님이 생각하시기에 저는 왜 여기에 왔을까요?"

"성당에서 일어난 자살 사건 때문 아닌가요?"

순간, 테오의 얼굴이 살짝 굳어졌다. 의아했다. 그렇게까지 정색할 일은 아니라고 생각했기 때문이다. 내 생각을 읽었는지 테오는 바로 얼굴색을 바꿨다. 분명, 테오는 내게 상담을 받으러 온 것이 아니었다. 그렇다면 왜 왔을까? 초조함을 감추며 나는 테오의 얼굴을 찬찬히 살폈다. 안타깝게도 테오의 얼굴에서는 무언가를 헤아릴 만한 단서가 보이지 않았다. 오히려 날카롭고 섬뜩한 테오의 눈빛이 내 심장을 꿰뚫어 보고 있는 것 같았다. 뒷목이 뻐근해지기 시작했다. 그렇다고 여기서 물러설 수는 없었다. 어떻게든 테오가 이곳에 온 진짜 이유를 알아내야 한다.

"얼마 전에 마 교수님이 출연하신 텔레비전 토론 프로그램을 아주 흥미롭게 봤습니다."

"아, 그러셨나요? 한데 왜 갑자기 그 얘기를……."

"교수님은 정말 사이코패스들은 모두 죽여야 한다고 생각하시나요?"

"하하, 제 주장이 너무 과격하게 들리셨나 보군요. 저는 그저 범죄를 저지른 사이코패스를 확실히 처벌하자는 뜻을 밝혔을 뿐입니다. 강력범죄를 저지른 사이코패스들이 교정될 확률은 거의 없으니까요."

테오의 얼굴을 빤히 쳐다봤다. 사실 궁금했다. 테오는 자신의 아버지를 어떻게 생각할까? 아니, 자신의 아버지와 쏙 빼닮은 자신을 어떻게 생각할까? 문득, 열두 살 꼬마였던 테오와 나눴던 대화가 떠올랐다.

"무섭지는 않았니? 그날, 죽을 수도 있었는데."

"무서웠지만, 참을 수 있었어요."

"그래?"

"전 그 사람이 언제 사람을 죽이는지 잘 알고 있거든요."

"똑똑하구나. 그런 걸 다 알고 있다니. 하지만 다시는 그런 위험한 상황에 혼자 뛰어들면 안 돼. 알겠니?"

"네."

"지금은 괜찮다고 하지만 그날 어머니가 아버지 때문에 돌아가셨다는 사실이 시간이 흐를수록 너를 힘들게 할지도 몰라. 그러니까 힘이 들면 혼자서 견디지 말고 나한테, 아니 누구에게든 털어놓고 도움을 청해야 한다. 알겠니?"

"네, 알겠습니다."

"그래, 지금 기분은 어떠니?"

"그냥, 슬퍼요."

"괜찮으니까 더 솔직하게 표현해보렴. 이제 그래도 괜찮아. 아무도 널 해치지 않을 테니까."

"네. 하지만 지금도 저는 충분히 표현하고 있는걸요."

"혹시, 죄책감이나 미안함 때문에 그런 거니?"

"엄마한테요?"

"뭐, 다른 누구든."

"처음엔 그랬는데, 이젠 그렇게 생각 안 하기로 했어요."

"왜지?"

"엄마는…… 항상 그 사람한테서 벗어나고 싶어 했거든요. 하지만 항상 저 때문에 그러질 못하셨어요."

"그랬구나. 혹시, 테오는 엄마가 그날 아빠한테 일부러 그랬다고 생각하는 거니?"

"네. 어쩌면."

"테오는 그런 엄마를 이해할 수 있니?"

"네, 충분히."

"테오야, 울고 싶으면 그냥 울어도 돼."

"울고 싶지 않아요."

"설마, 테오는 한 번도 울어본 적이 없는 거니?"

"네. 없어요."

"울 만큼 슬펐던 적이 없었어?"

"아뇨. 항상 슬펐지만, 울 수가 없었어요. 살고 싶었으니까요."

"그게 무슨 말이지?"

"그 사람 앞에선 절대 울면 안 되거든요."

"왜?"

"우는 아이를 제일 싫어했어요. 그래서 우는 아이를 절대 살려두지 않았어요."

"그런 아빠가 많이 원망스러웠겠구나."

"네, 하지만 이제는 그러지 않으려고요."

"아빠를 용서하겠다는 거니?"

"아뇨. 그냥 똑같은 사람이 되기 싫어서요."

열두 살 테오는 분명 예사롭지 않은 아이였다. 나는 그때부터 테오가 아버지와 같은 부류일지도 모른다고 의심했다. 아니, 어쩌면 확신을 하고 있었는지도 모르겠다.

"마 교수님?"

"아, 죄송합니다. 제가 잠시 딴생각을 했네요."

"혹시, 제 어린 시절을 떠올리신 건가요?"

"하하, 네. 저도 모르게 그만."

"역시."

"죄송합니다. 오랜만에 디모테오 신부님을 만나게 되니, 저도 모르게 옛날 일이 자꾸 떠오르네요."

"괜찮습니다. 제 과거를 아는 분들은 대부분 그랬으니까요."

"디모테오 신부님! 이젠 좀 솔직히 말씀해주시겠어요? 오늘 상담을 받고 싶어서가 아니라 저를 만나고 싶어 오신 거죠?"

"네, 솔직히 말하면 그렇습니다."

"왜요?"

"레아에 대해 궁금한 게 있어서요."

이번엔 내 얼굴이 살짝 굳어졌다. 반면에, 테오는 아주 여유로운 표정으로 내 얼굴을 세심하게 살폈다. 그런 테오의 태도가 왠지 마음에 들지 않았다.

"레아에 대해 뭐가 궁금하시죠?"

"정확히 말하면, 레아의 자살에 대해서 교수님은 어떻게 생각하시는지 궁금합니다."

"무척 안타까운 일이죠."

"선생님은 정신과 의사로서 의심스럽진 않으신가요?"

"무엇이 의심스럽다는 거죠?"

"정말 레아가 자살을 했다고 믿으시는 건가요?"

"신부님은 레아가 자살하지 않았다고 생각하시는 건가요?"

"네, 레아는 살해당했다고 생각합니다."

"이유가 뭐죠?"

"선생님께서 제 질문에 충분히 답을 해주신다면 저도 말씀드리겠습니다."

"저는 레아 양의 죽음이 안타깝지만, 자살이 아니라고 생각하지는 않습니다. 레아는 품행장애를 안고 있을 뿐만 아니라 감정의 기복도 크고 심리 상태가 지나치게 불안정한 아이였거든요."

"역시, 그러셨군요."

"그럼, 신부님은 왜 레아의 죽음이 자살이 아니라고 생각하시나요? 혹시, 죄책감 같은 걸 느끼시나요?"

"죄책감이라…… 모두들 제가 그걸 느끼길 바라는군요."

"죄책감 때문이라면, 신부님은 정신적으로 큰 문제가 없는 겁니다. 오히려 그 반대라면 문제가 있지만요."

"그런가요? 그럼, 저는 계속 교수님께 상담을 받아야겠네요. 교수님 말대로라면 제게 큰 문제가 있어 보이니까요."

#19
김 간호사의 시점

진료를 마친 그 사람이 밖으로 나왔다. 목 빠지게 기다렸지만, 막상 그가 나오니 어찌할 바를 모르겠다. 바닥까지 내려앉은 용기를 끄집어내어 그에게 다음 예약 날짜를 물었다. 그는 잠시 생각에 잠기더니 다음 주 화요일이 좋겠다고 말했다. 시간을 체크해봤더니 오전 11시가 비어 있었다. 예약 확정 날짜와 시간을 말해야 하는데, 그의 얼굴을 쳐다보다가 돌연 엉뚱한 소리가 튀어나왔다.

"혹시, 여자 친구 있으세요?"

망했다. 나도 모르게 입 밖으로 나와버린 진심이라니. 서랍 속에라도 숨어버리고 싶었다. 다행히 그는 전혀 당황한 기색 없이 나를 지그시 바라봐주었다. 심장이 터질 것 같았다. 남자는 내 얼굴이 가을 단풍처럼 붉어지고 나서야 대답했다.

"아뇨. 없어요. 근데 혹시 종교는 있으신가요?"

앗싸! 여자 친구가 없다니. 하늘이 주신 기회였다. 그런데 왜 종교를 물어보는 거지? 여자 사귈 때 종교를 중요하게 생각하는 사람인가? 만약 그렇다면, 뭐라고 대답해야 하지? 종교가 있다고 해야 하나, 없다고 해야 하나? 아님, 저 사람 종교에 맞춰야 하는 건가? 머릿속이 출근길 지하철보다 더 복잡해졌다. 다행히 혼란의 와중에도 나는 가장 영리한 답을 찾아냈다.

"아뇨. 아직 없어요. 하지만 있어도 좋겠다고 생각은 해요."

"그럼, 이번주 목요일 날 저녁 8시에 심해성당에서 우리 만날까요?"

"지, 지금 데이트 신청 하시는 거예요?"

"아뇨, 제가 목요일부터 예비자 교리 수업을 진행하는데, 오셨으면 해서요."

그렇게 말하면서 그는 가슴팍에 성호를 그었다. 맙소사! 그는 여자 친구를 사귈 이유가 전혀 없는 사제였던 것이다. 아니, 사제가 왜 평상복을 입고 다니는 거지? 아무리 생각해도 이 비극적인 현실을 어찌할 방법은 없었다. 하느님도 무심하시지! 어쩌다 저런 사람을 사제로 만드셨을까? 얼마 전 클럽에서 잘생긴 게이를 만났을 때보다 백배는 더 안타까웠다. 하지만 이 잘생긴 사제는 내 맘을 아는지 모르는지 여전히 날 설레게 하는 얼굴로 꾸벅 인사를 했다. 옆에서 이 모든 비극을 지켜보던 이 간호사가 나보다 더 크게 한숨을 쉬었다.

#20
남 형사의 시점

천 형사와 함께 사건 현장에 나갔다가 경찰서로 복귀하는 길이었다. 사무실로 막 들어서려는데 창가 한쪽 구석에서 빛나는 실루엣 하나가 보였다. 맙소사! 디모테오 신부였다. 나는 눈을 비비고 다시 한 번 봤다. 역시나 디모테오 신부였다. 그 자리에 멈춰 섰다. 이상했는지 천 형사가 왜 그러냐고 물었다. 나는 조용히 하라는 손짓을 하며 슬금슬금 뒷걸음질을 쳤다. 지난번 일 때문에 디모테오 신부와 마주치고 싶지 않았기 때문이다. 좀 더 솔직히 말하면 디모테오 신부를 보기가 부끄러웠다. 평소 눈치 없기로 유명한 천 형사는 아주 큰 목소리로 내게 어딜 가냐고 물었다. 덕분에 디모테오 신부는 뒷걸음질 치는 나를 발견했다. 결국, 나는 디모테오 신부에게 잡혀 어색한 인사를 나눌 수밖에 없었다. 무슨 일로 찾아왔냐고 퉁명스럽게 묻는 내게, 디모테오 신부는 더없이 다정한 얼굴로 조용한 곳에서 이야기하고 싶다고 말했다. 순간, 내 얼굴은 민망할 정도로 붉어졌다.

"그러니까 아무리 생각해도 자살이 아니라는 말씀이죠?"

"네, 그렇습니다."

"지난번에 제가 물었을 때는 말씀 안 하시더니, 혹시 증거가 있나요? 아니면 지금 저를 놀리시는 건가요?"

"제가 왜 남 형사님을 놀리겠어요?"

"너무 뜬금없잖아요. 아니면, 죄책감을 그런 식으로 극복하시는 건가요?"

"형사님도 자살로 처리하기엔 뭔가 석연치 않다고 말씀하셨잖아요."

"그랬죠. 하지만 자살이 아니라고 생각하진 않아요. 그냥 이유가 납득하기 힘들었을 뿐."

"그래요. 저도 마찬가지예요. 레아는 죽기 전날까지도 저를 스토킹했던 아이예요. 그것도 아주 재기발랄하게. 그런 아이가 과연 자살을 했을까요? 또 하나 의심스러운 것은, 청산가리예요."

"청산가리가 왜요?"

"레아가 남긴 약통엔 분명 수면제가 들어 있었는데, 왜 청산가리의 독으로 죽었을까요?"

"수면제 표면에 청산가리 가루가 엄청 묻어 있었거든요."

"바로 그게 이상하다는 거예요. 왜 레아는 수면제에 청산가리를 묻혀서 먹은 걸까요?"

"뭐, 수면제와 함께 먹어야 잠자듯 편안히 갈 수 있다고 생각했나

보죠."

"형사님! 레아가 수면제 처방을 받은 적 없다는 사실, 알고 계시죠?"

"신부님은 어떻게 아셨어요?"

"레아가 다녔던 병원 담당 간호사에게 들었어요."

"담당 간호사까지 만나보신 거예요?"

"네, 지금 저희 성당에서 예비자 교리 교육을 받고 계시거든요."

"정말 대단하시네요. 하지만 그렇다고 그게 타살 증거가 되진 않아요. 확실한 증거가 아니라고요."

"지금은 저도 심증만 있어서 명확한 증거를 제시할 수는 없어요. 하지만 합리적인 의심이 드는데 그걸 무시할 순 없잖아요."

"그래도 이미 자살로 종결된 사건이에요. 제가 어쩔 수 있는 게 아니라고요."

"알아요. 하지만 일에 지장이 되지 않는 선에서 몇 가지 조사를 해주실 수는 없나요?"

"저보고 지금 비공식적으로 재조사를 해달라는 거예요?"

"죄송합니다. 하지만 레아가 수면제를 어떻게 구했는지, 구매 경로 정도는 추적해주실 수 있지 않을까요?"

"뭐, 그 정도는 할 수도 있겠지만……."

"역시, 형사님은 들어주실 줄 알았어요. 고마워요. 남 형사님!"

귀신에 홀린 사람처럼 멍하니 디모테오 신부의 얼굴을 쳐다보았다. 바보처럼 부탁을 받아준 것이다. 디모테오 신부가 돌아간 뒤에도, 나는 혼자 회의실에 남아 한참을 앉아 있었다. 원래 저렇게 상냥한 사람이었나? 아니면, 지금 내가 농락당하고 있는 건가? 하지만 이상하게 기분이 나쁘지 않았다. 아니, 살짝 설레는 것 같기도 했다. 그렇다고 신부의 사적인 부탁을 순순히 들어줘도 되는 걸까? 어쨌든 레아의 자살에 합리적인 의심이 드는 것도 사실이었다. 결국, 나는 이 사건이 단순한 자살 사건이 아닐지도 모른다는 디모테오 신부의 의심을 한번 믿어보기로 했다.

#21
마 교수의 시점

구치소 면회실에 앉아 있었다. 예전부터 가석방위원회 위원 자격으로, 혹은 교도소 수감자들의 심리치료를 담당하는 의사로 온 적이 있던 곳이라 그리 낯설지 않았다. 하지만 오늘은 이상하게 낯설게 느껴졌다. 연쇄살인범 강치수를 만나러 왔기 때문이다. 초조한 마음으로 손목시계를 네 번 정도 봤을 무렵, 드디어 강치수가 모습을 드러냈다. 예전보다 노쇠해지기는 했지만, 그의 몸은 여전히 단단하고 강단이 있어 보였다. 광기 어린 눈빛도 마찬가지였다.

"이 새낀 또 뭐지?"

"안녕하십니까? 저는 정신과 의사 마해석이라고 합니다."

"그런데?"

"강 선생님께 여쭤보고 싶은 것이 있어서 이렇게 찾아왔습니다."

"왜 왔어? 나 지옥 가기 전에 정신교육이라도 시키려고?"

"아닙니다."

"그럼, 뭐야?"

"실은, 아드님 때문에 찾아왔습니다."

"뭔 개소리야?"

"저는 디모테오 신부님의 정신과 주치의거든요."

"그러니까 지금 무슨 개수작이냐고?"

"아드님 주치의로서 강 선생님께 여쭤볼 사항이 몇 가지 있습니다."

"그래?"

"네, 협조 부탁드립니다."

"혹시 말이야, 선생도 그 자식이 나랑 비슷한 구석이 있다는 사실을 눈치챈 건가?"

당황스러웠다. 내가 차마 꺼내기 어려웠던 말을 그가 너무도 쉽게 내뱉었기 때문이다. 하지만 사실대로 털어놓고 싶진 않아서 질문에 대답하지 않고, 원래 하려고 했던 이야기를 차분히 시작했다. 20년 전 어린 테오의 정신 감정과 치료를 맡았던 일, 그리고 얼마 전에 일어난 성당 자살 사건에 테오가 연루된 일, 마지막으로 테오와 상담을 하며 느꼈던 우려에 대해 차근차근 설명했다. 관심 없는 것처럼 굴었지만, 강치수는 분명 테오에 관한 이야기를 아주 흥미롭게 듣고 있었다.

"그러니까 맥은 지금 테오 그 자식이 나 같은 사이코패스인지를 확인하고 싶은 거잖아?"

"확인하고 싶은 게 아니라 의심을 하고 있는 겁니다."

"당신 짐작이 맞아! 그 자식, 나보다 더하면 더했지 못한 놈은 아니거든."

"왜 그렇게 생각하시는지 이유를 여쭤봐도 될까요?"

"이유는 개뿔! 그냥 미친놈이 미친놈을 더 정확히 알아보는 거지. 테오 그 자식은 애시당초 괴물로 태어난 녀석이야. 생각해봐. 열두 살짜리 꼬마가 나 같은 종자 앞에서 단 한 번도 쫄지 않았다면 그걸 누가 믿겠어? 심지어 자기 엄마가 칼에 찔려 꼬꾸라지는 걸 보고도 눈 하나 깜짝 하지 않았다고. 대신 지 목숨 살려달라고 나한테 무릎 꿇고 빌었지. 그런데 지금 한번 봐봐! 그 개자식 때문에 나는 여기 들어와 죽을 판이고, 악마 새끼는 사제가 되어 펄펄 날고 있잖아. 미치고 환장할 노릇이지."

"디모테오 신부님과는 계속 연락을 취하고 계셨나요?"

"이봐, 의사 양반! 지금 그게 중요한 게 아니야. 이제 사제가 되었으니 놈은 천하무적이 된 거야. 무슨 짓을 해도 의심받지 않을 테니 아주 단단한 갑옷을 입은 셈이라고!"

열두 살 먹은 꼬마가 칼에 찔린 엄마를 보고도 눈 하나 깜짝 하지 않았다니! 더군다나 엄마를 죽인 살인마 앞에서 살려달라고 무릎을 꿇었다니! 하지만 여전히 이해가 안 가는 대목이 있었다. 테오의 무지막지한 인내심과 절제력이었다. 반사회적 인격장애가 있는 사람들은 대부분 이 두 가지가 부족해서 어쩔 수 없이 정체를 드러내는 경우가 많았다. 그런데 테오는 사제가 되는 과정을 견뎌낼 만큼 인내심과 절제력이 있었다. 그래서 나는 지금 이 순간에도 테오가 반 사회적 인격장애인지를 확신할 수 없는 것이다.

"혹시, 아드님에 대한 복수심 때문에 그렇게 말씀하시는 건 아닌 가요?"

내 질문에 강치수는 실핏줄이 터진 붉은 눈동자를 굴리며 뜯어먹을 듯이 노려봤다. 어찌나 두려운지 오금이 저릴 무렵, 강치수는 갑자기 큰 소리로 웃기 시작했다. 사형수가 아니었다면, 내 손으로 죽여버리고 싶을 만큼 비열하고 기분 나쁜 웃음이었다. 그렇게 얼마를 웃었을까? 강치수는 갑자기 웃음을 뚝 멈추더니 자리에서 벌떡 일어났다. 그러고는 교도관에게 밖으로 나가겠다고 소리쳤다. 교도관이 들어오는 사이 강치수는 나를 돌아보며 비웃듯이 말했다.

"언제까지 시치미를 떼는지 한번 보려고 모른 척하고 있었는데, 더 이상은 못 봐주겠군. 이봐, 의사 양반! 예전에 우리 한 번 만난 적 있잖아? 아주 찐하게. 내가 모른 척한 이유는, 혹시나 당신이 테오 그 개자식의 실체를 만천하에 까발릴 수 있지 않을까 기대했기 때문이야. 근데 지금 보니까 당신 글렀어. 당신 눈깔을 쳐다보고 있으면 속이 훤히 다 들여다보이거든. 나한테도 그런데 테오 그 자식한텐 어림도 없지. 암, 그렇고말고!"

강치수는 욕 같은 침을 뱉더니, 바로 면회실을 나가 버렸다. 나는 그가 사라진 후에도 한동안 자리를 떠나지 못했다. 어느새 내 두 손은 두려움인지 분노인지 모를 감정으로 부들부들 떨렸다. 이런 떨림은 꽤 오랜 시간 멈추지 않았다.

#22

강치수의 시점

평소보다 일찍 잠에서 깼다. 설마, 오늘이 사형집행일인가? 아니나 다를까 오늘 아침 식사는 어떤 날보다 푸짐했다. 게걸스럽게 밥을 먹다가, 갑자기 쌍욕이 튀어나왔다. 아직도 나는 내가 왜 죽어야 하는지를 납득할 수 없었다. 나를 이 꼴로 만든 테오를 죽여버리고 싶은 생각만 간절했다. 아니, 지금 누군가 칼 한 자루만 내게 쥐여준다면, 하느님 아버지라도 찔러 죽일 수 있을 것 같았다. 어떤 새끼가 그랬다. 죽음을 앞둔 사람은 대개 자신이 살아온 삶을 뒤돌아보며 참회하게 된다고. 하지만 그 새끼는 분명 죽음의 냄새조차 못 맡아본 애송이었을 것이다. 죽음이 코앞에서 똬리를 틀고 있는 지금 나는 그저 테오 새끼를 죽여버리고 싶을 뿐이다.

아득하게 교도관들의 구둣발 소리가 들리기 시작했다. 그 소리가 점점 선명해지자 열불이 나서 가만히 앉아 있을 수가 없었다. 결국,

나는 머리를 벽에 내리찧기 시작했다. 어느새 뜨거운 핏물이 뚝뚝 떨어졌다. 그럼에도 불구하고 구둣발 소리는 멈추지 않았고, 열리지 말아야 할 철문만 덜컹 열렸다. 교도관들은 내 몰골을 보더니 흠칫 놀랐다. 하지만 아무도 괜찮냐고 묻지 않았다. 얼굴에 흘러내리는 피도 닦아주지 않았다. 그저 나와 눈을 마주치지 않으려고 안간힘을 쓸 뿐이다. 그들에게 나는 이미 죽은 존재인 것이다. 온몸을 포박당한 채로 길고 긴 복도를 걸었다. 고약한 욕지거리가 자꾸만 튀어나왔다. 하지만 교도관들은 들은 척도 안 했다. 그렇게 억울한 심정으로 얼마나 걸었을까? 교도관들이 갑자기 걸음을 멈췄다. 검은색 철문이 길을 막아섰기 때문이다. 본능적으로 나는 이제 마지막이라는 것을 직감했다. 하지만 지금 내가 할 수 있는 것은 더러운 욕지거리를 내뱉는 일밖에 없었다.

"이 개자식들아! 그깟 벌레 같은 놈들 몇 명 죽였다고 나를 이꼴로 만들어? 인간을 죽이는 게 죄라면서 니들은 왜 나를 죽이는 거야? 도대체 누가 허락한 거냐고?"

검은 철문을 열고 안으로 들어가자, 누군가 나타나 내게 복면을 씌웠다. 내 눈 따위는 이제 더 이상 필요하지 않게 된 것이다.

"씨발! 이거 안 벗겨? 내가 눈 똑바로 뜨고 이 방 안에 있는 새끼들 얼굴 하나하나 다 기억할 거야! 그리고 지옥 끝까지 끌고 들어갈 거야. 알아들어?"

내 마지막 발악에도 불구하고 그들은 꿈쩍도 하지 않았다. 얼마 뒤 누군가 기도문 같은 것을 외우기 시작했다. 성부와 성자를 들먹이는 것을 보니 분명 사제다. 순간, 피가 거꾸로 솟고 심장이 뻣뻣하게 굳어졌다. 테오 그 개자식이 사제복을 입고 내 마지막을 지켜보고 있는 것 같았다. 이렇게 병신처럼 당할 수는 없었다. 하지만 내 사지는 이미 밧줄에 묶여 있었고, 복면 때문에 뵈는 것도 없었다. 다시 목이 터져라 욕을 내뱉었다. 그렇게라도 하지 않으면 내 속이 먼저 터져버릴 것 같았다. 그때, 어디선가 방망이 휘두르는 소리가 들리더니 '빡!' 소리가 났다. 그와 동시에 다리가 휘청거리면서 나는 잠시 정신을 잃었다.

벌레처럼 스멀스멀 파고드는 통증 때문에 겨우 정신을 차렸다. 어떤 놈한테 어디를 얻어맞았는지 알 수는 없었다. 아니, 그걸 판단할 기력도 없었다. 통증 때문에 숨을 쉬기도 버거웠기 때문이다. 무언가 뜨거운 것이 얼굴로 자꾸만 흘러내려 눈을 뜰 수도 없었다. 그때, 제대로 알아들을 수도 없는 말소리가 들리더니 누군가 내 목에 튼튼한 밧줄을 단단히 걸었다. 빌어먹을! 손가락 하나 움직일 수 없을 정도로 진이 빠져서 꼼짝할 수가 없었다. 정말 이대로 이렇게 죽는 건가? 믿기지 않았다. 아니, 믿을 수가 없었다. 이 개 같은 상황을 누가 믿을 수 있단 말인가?

"덜컹!"

심장이 떨어져 나가는 것처럼 내 세상이, 내가 서 있던 바닥이 꺼져버렸다. 천근같이 무겁던 내 몸이 물이 쏟아지듯 한꺼번에 아래로 쏠렸다. 몸이 아래로 쏠리면 쏠릴수록 목을 쥐어짜던 밧줄이 점점 더 튼튼해지는 듯했다. 숨이 막히고 눈알이 튀어나올 것 같았다. 하지만 그 순간에도 나는 지랄같이 외치고 싶었다.

'테오, 이 개자식!'

하지만 이제는 개자식을 욕할 여유도 시간도 없었다. 그냥 이대로 죽을 것 같았다. 아니, 그렇게 나는 죽었다.

#23
베드로의 시점

강치수가 죽었다. 그것도 바로 내 눈앞에서. 매일 밤 내 두 손으로 직접 죽여버리고 싶었던 괴물의 죽음을 두 눈으로 확인하고 만 것이다. 그렇게 바라던 끔찍한 소원이 드디어 이루어졌다. 하지만 기분이 이상했다. 후련했지만, 어딘가 모르게 역겨웠다. 기쁨인지 슬픔인지 모를 감정에 휩싸여 정신이 아득해졌다. 숨이 막혀 온전히 서 있을 수 없을 만큼. 사형 집행 절차가 모두 끝나고 관련자들과 함께 밖으로 나와서야, 나는 숨을 제대로 쉴 수 있었다. 물론, 나뿐만이 아니었다. 사형 집행에 참여했던 모든 사람의 얼굴이 구겨진 껌 종이처럼 일그러져 있었다. 20여 년 만에 치러진 사형 집행이기 때문에 더욱 그랬다. 내 모습이 유독 힘들어 보였는지, 연륜이 있어 보이는 사형집행관 한 사람이 다가와 말을 걸었다.

"베드로 신부님! 힘드셨죠? 오늘 정말 고생 많으셨습니다!"

그의 다정한 인사에 차마 대답할 수 없었다. 누군가 목을 조르고 있는 것처럼 목이 메어왔다. 얼굴은 험악하지만 마음만은 따뜻하다고 믿었던 베드로는 이제 사라져버렸다. 이제 나는 강치수의 사형 집행을 참관해 집요하고 치밀했던 복수의 마지막 페이지를 완성한 비정한 사내가 되었기 때문이다. 안타깝게도 내 처절한 복수는 생각만큼 통쾌하진 않았다. 곪아 터진 상처에 또 다른 생채기를 만들어낸 기분이었다. 나는 예전보다 더 아리고 아팠다. 복수는 짐작과 달리 달콤하지도 통쾌하지도 않았다. 그저 역겨운 내 치부를 다시 확인했을 뿐이다.

#24
로사리오의 시점

평일 저녁 미사라서 신도가 그리 많지 않았다. 나는 미사를 드리는 동안 내내 가슴이 답답했다. 마누라한테 끌려 나와 성당에 앉아 있을 때는 아무 생각 없었는데, 오늘은 한없이 초조하고 마음이 조급해졌다. 끝날 것 같지 않던 성가와 기도가 이어지더니 드디어 영성체를 받을 시간이 되었다. 한 줄씩 사람들이 일어나 제단 앞으로 나갔다. 두 손을 모으고 사람들을 따라 줄을 섰다. 10년 넘게 헐렁이 신도로 살아왔지만, 이 정도쯤은 나 혼자서도 할 수 있었다. 머리가 아니라 몸이 기억하고 있기 때문이다. 앞에 두 사람을 남기고 나는 습관처럼 고개를 숙여 인사했다. 인사를 하고 나니 어느새 덩치 좋은 신부가 내 앞에 서 있었다. 신부는 영성체를 들고 이렇게 외쳤다.

"그리스도의 몸!"

"아멘"

신부가 내민 영성체를 공손히 받아 들고 두 걸음을 걸어갔다. 그리고 영성체를 입에 넣는 척했다. 어떤 사람에게는 어설퍼 보일지 모르겠지만, 어쨌든 오늘 이 일은 나에게 매우 중요하다. 입에 넣지 않은 영성체를 손가락 사이에 몰래 숨기고 돌아서는 순간, 성공했다는 안도감에 한숨이 절로 났다. 순간, 누군가의 시선이 느껴졌다. 2층 성가대 좌석 귀퉁이에 앉아 있던 젊은 신부가 나를 쳐다보고 있었다. 들킨 걸까? 심장이 덜컥 내려앉았다. 가을 햇살에 반짝이는 밤톨처럼 잘생긴 신부는 평소 까칠하다고 소문이 나 있었다. 설마 봤을까? 마른 침이 꼴깍 넘어갔지만, 모른 척하고 자리로 돌아와 앉았다. 물론, 볼이 화끈거리고 손이 덜덜 떨렸다. 신부가 나를 지켜본다고 생각하니 뒤통수가 따끔거렸다.

마누라는 미사에서 영성체 받는 것을 참으로 좋아해서 평일 미사도 빼먹지 않고 참석했다. 나는 아무 맛도 없는 뻥튀기 조각이 뭐가 그리 좋으냐고 놀렸는데, 그때마다 마누라는 정색하며 말했다.

"영성체는 예수님의 몸을 의미하는 거예요. 그러니 함부로 얘기하지 말아요."

그렇게 영성체를 소중히 여기던 마누라가 얼마 전부터 몸져누웠다. 그리 좋아하던 미사도 참석할 수 없을 만큼. 그래서 지금 영성체를 마누라에게 가져다주려는 것이다. 드디어 미사가 끝났다. 조급한 마음에 서둘러 나가려는데, 누군가 내 어깨를 조심스럽게 두드렸다. 깜짝 놀라 돌아보니, 아까 그 잘생긴 신부가 서 있었다.

"할아버지, 왜 영성체를 안 드시고 주머니에 넣으셨어요?

"무, 무슨 소린지……."

"말씀해보세요. 아직 성당 밖으로 나가진 않으셨으니 괜찮습니다."

"그, 그게……."

"혹시 할머니 가져다주실 건가요?"

"어, 어찌 알았나?"

"항상 같이 다니셨던 할머니가 요즘 안 보이셔서요."

"그게, 그러니까……."

"혹시, 할머니가 많이 편찮으세요?"

대답 대신 고개를 끄덕였다. 나도 모르게 울음이 터질 것 같아 대답을 할 수가 없었다. 아니 요즘은 마누라 생각만 해도 눈물이 났다.

"근데 왜 영성체를 가져가시려는 거예요?"

"내가 해줄 수 있는 일이 이거밖에 없어서……."

"할머니가 성당에 나오지 못할 정도로 편찮으신 거예요?"

"오늘내일 해……."

"그럼, 진작 말씀해주시지 그러셨어요."

"뭐 좋은 일이라고."

"좋은 일이 아닐수록 말씀을 해주셔야 저희가 뭐라도 도움을 드릴 수 있죠."

알고 있었다. 신부 외에는 이 영성체를 가지고 성당 밖으로 나갈 수 없다는 것을. 가끔 성당에 가기 귀찮을 때마다 마누라에게 대신 영성체를 가져와 달라고 농담을 하면, 아내는 펄쩍 뛰면서 말했었다. 신부님 외에는 절대 영성체를 가지고 나오면 안 된다고. 하지만 나는 이 성스러운 영성체를 마누라에게 가져다주고 싶었다. 그래야 마누라가 조금이라도 기력을 회복할 것 같았다.

"할아버지, 영성체 이리 주세요."

"부탁이네. 제발, 한 번만……."

"이거 지금 가져가시면, 할머니도 마음이 편치 않으세요. 그러니 이리 주세요."

어쩔 수 없이 나는 주머니에서 더듬더듬 영성체를 꺼내 잘생긴 신부에게 건넸다. 그러자 신부가 성호를 그으며 '그리스도의 몸'을 외치고는 내 입안에 영성체를 직접 넣어주었다. 아멘. 습관처럼 대답이 흘러나왔다. 그제야 신부는 내 어깨를 감싸며 말했다.

"로사리오 할아버지 맞으시죠?"

"아니, 내 이름은 또 어떻게?"

"제가 좀 기억력이 좋거든요. 로사리오 할아버지! 오늘은 안 되고요. 제가 내일부터 매주 댁으로 가서 병자성사 해드리겠습니다. 그러니까 이제 다시는 영성체 가져가지 마세요. 아셨죠?"

"아이고! 그게 정말인가? 고맙네, 정말 고마워. 내가 그동안 마누라한테 잘못한 게 너무 많아서…… 마지막 가는 길에 이거라도 해주고 싶어서…… 내가 벌 받더라도 그거 하나는 해주고 싶어서……."

설움이 복받쳐서 나는 허리를 몇 번이나 굽혔다. 젊고 잘생긴 신부는 나를 보고 안타까웠는지 손수건을 내밀었다. 손수건으로 눈물을 닦으며 신부의 얼굴을 다시 쳐다봤다. 평소엔 좀 건방져 보였는데 지금은 그렇게 다정해 보일 수가 없었다. 고마운 마음에 젊은 신부의 손을 덥석 잡았다. 생각보다 손이 차서 놀랐지만, 따뜻한 마음만은 충분히 느껴졌다.

"정말 고마우이. 이 은혜를 어떻게 갚아야 할지⋯⋯."

"당연히 해야 하는 일인걸요. 그럼, 내일 봬요. 로사리오 할아버지!"

#25
남 형사의 시점

성당에 도착하니 평일 저녁 미사를 마친 신도들이 본당에서 나오고 있었다. 성당 마당에서는 베드로 신부가 신도들을 배웅하고 있었다. 왠지 베드로 신부와 마주치면 민망할 듯해 인사를 나누지 않고 그냥 본당 안으로 들어갔다.

본당 안은 텅 비어 있었다. 그런데 텅 빈 성당 안쪽에서 디모테오 신부가 어떤 할아버지와 이야기를 나누고 있는 것이 보였다. 이상한 기분이 들었다. 디모테오 신부가 울고 있는 할아버지에게 손수건을 건네고 있었기 때문이다. 원래 저런 사람이었나? 근데 나한테는 왜 그랬지? 괜히 심술이 났다. 아니, 그런 생각을 하고 있는 나 자신에게 더 짜증이 났다. 내가 쓸데없는 생각에 잠겨 있는 사이 디모테오 신부가 나를 발견하고 성큼성큼 다가왔다.

"남 형사님! 언제 왔어요?"

"아, 좀 전에요. 드릴 말씀이 있어서."

"알아보셨나요?"

"네, 신부님 말대로 레아는 수면제나 청산가리를 구매한 적도 없고, 할 수 있는 상황도 아니었어요."

"역시……."

"레아 부모님 말씀이, 레아가 근신하는 동안 체크카드도 뺏고, 통장도 막아놓았다고 했어요. 학교에서도 정학을 당한 상태였고, 다시 말썽을 피우면 정신과병원에 영구 입원시켜버리겠다고 했기 때문에 레아도 근 한 달간은 부모님 말대로 집과 성당, 병원만 다녔고요. 그러니까 수면제나 청산가리를 살 돈도 시간도 없었다는 얘기죠."

"도대체 누가 어디서 구해준 걸까요?"

"혹시나 해서 레아 주치의 선생님한테도 전화를 걸어봤죠."

"마 교수님이요?"

"네, 전에 텔레비전에서 봤던. 근데 왜 그렇게 놀라세요?"

"그분이 지금 제 정신과 상담 주치의시거든요."

"신부님이 상담 치료를 받는다고요?"

"왜요, 그러면 안 되나요?"

"아뇨. 안 될 건 없지만."

"그래서 뭐라고 하던가요? 마 교수님이."

"불면증을 호소하기는 했지만, 수면제를 처방해주지는 않았다고 했어요."

"그랬겠죠."

"혹시, 신부님은 지금 마 교수님을 의심하시는 거예요?"

"형사님 생각은 어떠세요?"

"뭐가요?"

"좀 이상하지 않아요?"

"그렇다고 정신과 의사 선생님을 의심하긴 좀⋯⋯."

"사제는 의심해도 괜찮나요?"

"어머, 신부님 뒤끝도 있으세요?"

"있으면 안 되나요?"

"네네, 제가 죽을죄를 지었습니다. 근데 신부님은 상담을 왜 받으시는 거예요?"

"형사님도 제가 좀 이상하다면서요?"

"에이, 그게 아니라 마 교수한테 뭔가 확인하고 싶으신 거죠?"

"글쎄요."

"모른 척하시긴. 그래서 상담을 받고 나니 죄책감이 좀 생기셨어요?"

"지금 제가 죄책감 있는 것처럼 보이나요?"

"아뇨. 없어 보여서 드리는 말씀이에요."

"근데 남 형사님은 종교가 있으신가요?"

"없어요. 근데 지금 그게 중요해요? 레아의 사망 사건에 대해 제가 모르는 일이 있다면 그거나 좀 말씀해주세요. 그래야 수사를 계속할지 말지 결정하죠."

"알고 싶으시면 형사님도 예비자 교리 수업에 나오세요. 이제 3주밖에 지나지 않았으니 등록이 가능할 거예요.”

“제가요? 왜요?”

“남 형사님이 저를 계속 보고 싶어 하시니까 기회를 드리는 거예요.”

“아, 좀!”

“이번에 제가 처음으로 예비자교리반을 맡았거든요. 그러니 구경한번 오시라고요. 수업 시간은 매주 목요일 저녁 8시예요.”

“아니, 그러니까 제가 거길 왜 가냐고요?”

“기다릴게요. 목요일 날 봐요.”

짜증나는 표정을 짓고 싶었지만, 어느새 내 입가에는 엷은 미소가 퍼지고 있었다. 사실 처음에는 디모테오 신부가 자신의 결백을 주장하기 위해 레아의 자살을 타살로 몰아가는 거라 생각했다. 그래서 신부의 주장이 잘못되었음을 증명하고 싶은 마음도 컸다. 하지만 시간이 흐를수록 사망 사건 자체에 의문이 생겼다. 어쨌든 지금은 레아의 사망 사건을 계속 조사하는 것이 옳다고 믿었다. 디모테오 신부에 대한 호감 때문인지, 아니면 담당 형사의 책임감 때문인지는 모르겠다. 그래도 상관없었다. 레아와 디모테오 신부, 그리고 마 교수를 좀 더 조사해보고 나서 판단해도 늦지 않을 테니까.

#26
유스티노의 시점

"안녕하셨습니까? 유스티노 신부님. 스테파노입니다."

마 교수의 전화를 받고 조금 놀랐다. 마 교수가 출석 성당을 옮긴 뒤에 사적인 통화는 처음 했기 때문이다. 디모테오가 상담을 받고 있다고 들었는데, 설마 그 일 때문인가? 하지만 마 교수는 내 짐작과는 전혀 다른 얘기를 꺼냈다.

"제 지인분이 다큐멘터리 프로그램을 제작하고 계시는데, 이번 주제가 사제들의 삶을 재조명하는 것이라고 합니다. 심해성당에서 촬영을 했으면 하는데 허락해주실 수 있을까요?"

나는 마 교수의 정중하지만 갑작스러운 부탁에 솔직히 당황했다. 거절하기 어려운 부탁이었기 때문이다. 그동안 마 교수는 심해성당을 위해 적지 않은 교부금을 냈을 뿐만 아니라 온갖 궂은일을 도맡아 해왔다. 성도들을 대상으로 무료 상담과 진료를 하기도 했는데 성당을 옮긴 후에도 이를 중단하지 않았다. 기회를 봐서 감사 인사를 하려고 했는데 다 알고 있다는 듯이 너무도 당당하게 부탁을 해온 것이다. 하지만 그의 부탁을 흔쾌히 받아들일 수가 없었다. 디모테오라는 존재가 방송을 통해 많은 사람들에게 알려지는 것이 부담스러웠기 때문이다. 아마 디모테오 본인도 원하지 않을 것이다. 그렇다고 마 교수의 부탁을 단칼에 거절할 수 있는 상황도 아니었다. 어쩌지? 일단, 생각할 시간이 필요했다.

"네, 그럼요. 당연히 그래야지요. 그런데 저희도 교구에 허락을 받아야 하니 조금만 시간을 주시겠습니까?"

전화를 끊고, 다시 고민에 빠졌다. 교구에서는 당연히 찬성할 것이다. 내용에 따라 다르겠지만, 이런 종류의 다큐멘터리는 가톨릭의 이미지 쇄신과 홍보에 도움이 되기 때문이다. 마 교수 역시 이런 사정을 잘 알고 있을 것이다. 그래서 교구에서 거절했다는 핑계는 설득력이 없을 터였다. 결국 허락을 할 수밖에 없는 건가? 방송이 나가면, 십중팔구 디모테오의 외모는 화제가 될 것이다. 그러면 디모테오는 물론이고 그의 아버지가 누구인지 아는 사람이 나타날 것이다. 상상만으로도 끔찍했지만, 끝끝내 나는 마 교수의 부탁을 거절할 이유를 찾아내지 못했다.

"감사합니다. 유스티노 신부님! 담당 피디가 내일 오후에 찾아뵙고, 구체적인 일정과 계획을 말씀드릴 겁니다."

"네, 알겠습니다. 그런데 마 교수님! 한 가지 부탁드릴 것이 있습니다."

방송 촬영을 허락하는 대신 조건을 하나 걸기로 했다. 인터뷰만은 나와 베드로 신부로 제한해달라는 조건이었다. 조금 의아했던 점은 마 교수가 이유를 묻지 않았다는 것이다. 오히려 내 말이 무슨 뜻인지 이해했다며, 구체적인 촬영 방식은 피디와 직접 의논하면 될 거라고 말했다. 선선한 마 교수의 반응에 왠지 멋쩍어졌고 미안한 마음까지 들었다. 하지만 마음 한편으론 마 교수가 왜 하필이면 지금 이런 상황에서 방송 촬영을 제안했을까 싶어 여전히 원망스러웠다. 어쨌든 마 교수와 통화를 마치고, 바로 디모테오와 베드로를 불렀다. 성당에서 다큐멘터리 촬영이 있을 거라는 소식을 전했지만, 디모테오는 평소처럼 별 반응이 없었다. 순진한 베드로만 약간 당황하는 것 같았다. 나는 베드로의 반응을 애써 외면하며 촬영 스태프들의 통제와 안내, 인터뷰는 전적으로 베드로가 맡아달라고 부탁했다. 그리고 디모테오에게는 별도로 인터뷰를 하지 않았으면 좋겠다는 말도 분명히 했다. 그러자 고개를 내리깔고 내 말을 가만히 듣고 있던 디모테오가 고개를 들고 나를 쳐다봤다. 반발하는 걸까? 아니었다. 대신 디모테오는 뜻밖의 질문을 했다.

"혹시 방송 촬영을 의뢰하신 분이 누구인지 알 수 있을까요?"

"상담을 받고 있다면서 그것도 모르고 있었나? 자네 주치의 마해석 교수 아닌가?"

퉁명스러운 내 대답에 디모테오의 얼굴이 살짝 굳어졌다. 베드로 역시 놀라는 기색이었다. 마 교수와 디모테오 사이에 내가 모르는 어떤 일이 있는 걸까? 궁금했지만, 불편한 느낌이 들어 더 이상 물어볼 수가 없었다. 그저 두 사람에게 주의 사항을 다시 한 번 확인시킬 뿐이다. 하지만 디모테오와 베드로는 내 이야기에 전혀 귀 기울이고 있지 않았다. 속이 부글거리고 화가 났지만, 참을 수밖에 없었다. 그들을 나무랄 만한 이유가 별로 없었기 때문이다.

#27

마 교수의 시점

테오가 두 번째 상담을 받기 위해 진료실로 들어섰다. 나는 늘 그렇듯 미소를 지으며 인사했다. 하지만 테오는 의례적인 인사도 없이 다짜고짜 용건을 꺼냈다.

"교수님께서 유스티노 신부님께 방송 촬영을 제안하셨다고 들었습니다."

"네, 그랬습니다."

"왜 저희 성당을 추천하신 겁니까?"

"왜요? 그게 무슨 문제라도 되나요?"

"아닙니다. 그냥 이유를 듣고 싶어서요."

"디모테오 신부님은 아무래도 방송 출연이 부담스러우신가 보군요?"

"오히려 교수님께서 절 의식하시는 것 같습니다만."

"오해십니다. 제가 그럴 일이 뭐가 있겠습니까?"

"그런가요?"

왜 이러는 거지? 테오의 한마디 한마디에 신경이 곤두섰다. 팽팽한 긴장감과 함께 긴 침묵이 흘렀다. 마침내 견디다 못한 내가 입을 열었다.

"디모테오 신부님! 제가 질문 하나 드려도 될까요?"

"네, 물론이죠."

"솔직히 신부님은 상담 받을 필요가 없어 보이는데, 왜 자꾸 저를 찾아오시는 겁니까?"

"지난번에 말씀드렸는데요. 레아 때문이라고."

"설마, 레아의 자살이 저 때문이라고 생각하시는 건가요?"

"왜 그렇게 생각하시죠? 저는 그저 레아를 제일 잘 알고 계신 분이 교수님이라고 생각해서 여쭤봤을 뿐입니다."

"그럼, 신부님 자신은 정말로 레아의 죽음에 전혀 책임이 없다고 생각하시나요?"

일부러 테오의 심기를 살짝 건드려봤다. 당황할 법도 한데, 테오는 오히려 그럴 줄 알았다는 얼굴로 나를 쳐다봤다. 이런 방법으로는 테오를 제압할 수 없는 것인가?

"글쎄요. 저는 왜 교수님이 그렇게 생각하시는지가 더 궁금한데요?"

"레아를 상담하면서 신부님 이야기를 많이 들었습니다. 마지막 상담에서는 평소와 다르게 많이 울기도 했고요. 물론, 이유는 신부님이 더 잘 아실 겁니다."

"그래서 레아에게 수면제를 주셨나요?"

당황스러웠다. 여기서 갑자기 수면제 이야기가 나올 줄은 몰랐다. 하지만 나 역시 디모테오처럼 흔들리지 않을 자신이 있었다. 정신을 가다듬고 일상적인 상담을 하는 의사처럼 말했다.

"무슨 말씀을 하시는지 모르겠네요. 수면제는 의사의 처방이 필요한 약품이고, 저는 레아에게 수면제 처방을 해준 적이 없습니다. 그런데 왜 갑자기 그런 질문을 ……."

"좀 이상하잖아요. 레아는 수면제를 이용해 자살을 하려고 했는데, 왜 교수님한테 수면제 처방을 받지 않았을까요?"

그제야 나는 테오가 무슨 생각을 하고 있는지 알아차렸다. 지금 테오는 레아의 자살 사건에 나를 끌어들이고 싶지만, 결정적인 패를 가지고 있지 않아 자꾸만 건드려보고 있는 것이다. 그런 생각이 들자 한결 기분이 좋아졌다. 이제 마음 놓고 테오를 상대할 수 있을 것 같았기 때문이다.

"뭐 좋습니다. 그럼, 질문을 하나 더 드려도 되겠습니까?"

"물론이죠. 어차피 지금 이 시간은 디모테오 신부님을 위한 시간이니까요."

"교수님이 보시기에 레아는 어떤 아이였습니까?"

자꾸만 등장하는 레아라는 이름에 짜증이 나기는 했지만, 뭐 이 정도는 괜찮았다. 테오가 레아에 대해 전혀 모르고 있다는 것을 알았으니까.

##

레아는 아버지에 대해 아주 고약한 트라우마를 가지고 있었다. 어린 시절 아버지가 외간여자와 통정하는 장면을 목격한 이후 아버지를 극도로 혐오했기 때문이다. 그런 혐오감은 레아가 성장하면서 아버지 또래 중년 남자들에 대한 분노로 확산되어 기묘한 일탈로 이어졌다. 레아는 중년 남성들을 거침없이 유혹해 성관계를 맺은 후 이 부도덕한 자들을 경찰에 직접 신고하는 방법으로 분노를 풀었다. 물론, 대부분의 중년 남성들이 아리따운 10대 소녀의 유혹을 마다하지 않았기에 가능한 일이었다. 한마디로 레아는 자신으로 인해 한순간에 무너지는 어른들을 지켜보며 카타르시스를 느꼈던 것이다.

레아의 끔찍한 기행을 더 이상은 참을 수 없었던 레아의 부모는 마지막이라는 심정으로 레아를 내게 데려왔다. 물론, 레아는 만나자마자 다른 중년 남자에게 써먹은 방법으로 나를 유혹했다. 하지만 나는 유혹에 넘어가지 않았고 레아는 당황스러워했다. 당황하던 레아는 곧 내게 호기심을 보이기 시작했고, 그 호기심은 나에 대한 신뢰감으로 이어졌다. 덕분에 나는 레아의 병명을 품행장애로 진단하고, 트라우마 치료를 시작할 수 있었다.

하지만 트라우마 치료를 시작하고 얼마 지나지 않아 나는 레아를 잘못 판단했다는 사실을 깨달았다. 레아는 단순히 아버지에 대한 성적 트라우마 때문에 기행을 벌이는 것이 아니었다. 레아는 남자들을 가지고 놀다가 잔인하게 망가뜨리는 것을 즐기는 아이였던 것이다.

한마디로 고약한 사이코패스였다. 내가 레아의 유혹을 거절했을 때, 레아는 나 같은 중년 남자는 처음이라며 신기하게 여겼다. 하지만 내가 끝까지 유혹에 넘어가지 않자 레아는 몹시 불쾌해했다. 아니, 그런 상황 자체를 인정하려 들지 않았다. 결국 레아는 또 다른 방법으로 나를 끊임없이 못살게 굴었다. 한동안 나는 레아의 사이코패스 성향을 어떻게든 고쳐보려고 노력했다. 레아는 아직 성인이 되지 않았기 때문에 일말의 가능성이 있다고 믿었던 것이다.

그런데 어느 날 갑자기 망나니 같았던 레아가 순한 양처럼 온순해졌다. 나는 내 노력이 드디어 보답을 받았다고 생각해 무척 기뻤지만, 실상은 그렇지 않았다. 레아는 그저 디모테오라는 새로운 목표물을 찾은 것뿐이었다. 그날 이후, 레아는 상담을 하는 내내 디모테오 이야기만 했다. 결국, 나는 레아라는 아이를 깨끗이 포기할 수밖에 없었다.

나는 치료 가능성이 없는 사이코패스라 일컫는 반사회적 인격장애 족속들을 누구보다 증오하는 사람이다. 물론, 나도 히포크라테스 선서를 한 의사이므로 어떻게든 치료법을 개발하려고 노력했었다. 약물치료와 병행할 경우 이들의 본능을 억제할 수 있다는 연구 결과들이 종종 나왔기 때문이다. 하지만 그것은 검증되지 않은 가설일 뿐이다. 반사회적 인경장애들을 추적하고 나름의 연구를 통해 분석한

결과, 그들은 절대 나아지거나 변하지 않는다는 것을 깨달았다. 잠시 치료 효과를 보이기도 하지만, 이건 사회적 위치를 지키고 어느 정도 인권을 보호받기 위해 본능을 감추며 나아진 척한 것뿐이다.

오랫동안 환자를 보아왔기 때문에 나는 전혀 개선될 수 없는 반사회적 인격장애 족속들이 우리 주변에 무수히 많을 뿐 아니라 많은 사람들을 괴롭히고 교묘하게 죽인다는 사실을 잘 알고 있었다. 보통 사람들은 이들 사이코패스들이 끔찍한 범죄를 저지르는 연쇄살인범일 거라고 생각하지만 자신의 본능을 있는 그대로 드러내는 반사회적 인격장애 족속들은 거의 없었다. 그들 역시 정상적인 교육을 받았고, 사람들과 잘 어울려야 살기 편하다는 것을 너무도 잘 알고 있기 때문이다. 하지만 그들은 자신들의 검은 욕망을 충족할 수 있는 방법을 어떻게든 찾아냈다. 그래서 인격장애자라는 사실이 드러나지 않는 선을 기가 막히게 지키며 정상적인 사람들과 공생할 수 있는 것이다. 재밌는 것은 우울증 혹은 무기력증에 시달리는 환자들 주변에 이러한 반사회적 인격장애자들이 숨어 있을 개연성이 아주 높다는 것이다. 그런 환자들 주변에 기생해야 교묘한 술책이 들통나지 않을 확률이 높기 때문이다.

나는 이들의 숨겨진 만행을 결코 간과할 수 없었기에 반사회적 인격장애자들의 명단을 작성하기 시작했다. 숨어 있는 반사회적 인격장애를 정상인과 구별해내고, 그들의 행태를 집중 연구함으로써 나름의 개선책을 마련하기 위해서였다. 하지만 연구 결과는 참혹했다. 그들은 절대 파괴적인 성향을 바꾸지 않았으며, 교화나 치료를 하면 할수록 더 지능적으로 악행을 습득해나갔다. 결국, 나는 오랜 연구 끝에 반사회적 인격장애자들은 치료해야 할 대상이 아니라 사회에서 격리해야 할 대상이라는 결론을 내릴 수밖에 없었다.

물론, 정확한 명단을 작성하기 위해서는 남다른 노력이 필요했다. 반사회적 인격장애자들을 철저히 검증해야 했기 때문이다. 그래서 나는 학회에서 인정하는 진단 기준을 잣대로 삼고 가족력을 파악하고 탐문 조사까지 실시하기 시작했다. 그렇게 철저한 검증을 거치고 거쳐, 명단에 오른 대상자들에게 내가 보여줘야 할 것은 신뢰였다. 그래야 의심받지 않고 격리시킬 최선의 방법을 찾아낼 수 있었다. 물론, 내가 사용한 방법은 매우 치밀하고 교묘해서 머리 회전이 뛰어나고 눈치 빠른 그들조차 좀처럼 알아채지 못했다. 그들에게 나는 언제나 헌신적인 의사였고, 나는 상대의 완강한 경계심을 풀기 위해 조금은 순진하고 우둔한 정신과 전문의로 행세했기 때문이다. 순진무구함으로 무장한 나는 그들의 절대적 신뢰를 얻어 예리한 눈을 가렸고, 각자의 상황과 성향에 맞는 방법으로 그들을 세상에서 격리했다. 그렇다고 영화에서처럼 폭력적인 방법을 쓰는 것은 아니었다. 그들은 정신질환이 의심되는 환자들이었으므로, 정상인과 달리 눈에 띄지 않게 격리할 수 있는 방법들이 생각보다 많았다. 예전에는 정신질환을 가장한 사고나 약물 과다 복용을 이용해 파멸로 몰아갔지만, 최근 가장 선호하는 방법은 스스로 목숨을 끊게 하는 자살이었다. 레아의 경우처럼 말이다. 레아가 사이코패스라는 것을 거듭 확인한 나는 바로 레아를 작업 대상자 명단에 포함시켰다. 그리고 레아를 심판할 수 있는 가장 적절한 방법을 탐색하기 시작했다.
다행히 좋은 기회는 생각보다 빨리 찾아왔다.

"선생님, 어떡하죠? 디모테오 신부님이 제 진심을 받아주지 않아
요. 오늘은 정말 고해성사를 하고 싶어서 찾아갔는데, 내 얼굴 한 번
안 쳐다보고 그냥 나가 버렸거든요."

그렇게 말하며 레아는 서럽게 울기 시작했다. 물론, 이건 상처받
은 영혼의 눈물이 아니라 맘대로 되지 않아 분노한 짐승의 울음이었
다. 나는 최선을 다해 레아의 비위를 맞추려고 노력했다. 덕분에 금
세 기분이 좋아진 레아는 뜬금없는 질문을 했다.

"선생님! 디모테오 신부님에게 사랑받을 수 있는 좋은 방법이 없
을까요?"

"흠, 글쎄. 좋은 방법이 있기는 한데, 너무 위험해서……."

"정말요? 뭔데요? 빨리 말씀해주세요!"

레아는 눈을 반짝거리며 나를 쳐다봤다. 나는 망설이는 척하면서
준비해둔 방법을 알려주었다. 수면제를 먹고 자살한 척해보라는 얘
기였다. 그렇게 충격을 한번 주면, 테오가 레아를 함부로 대하지 못
할 거라고 말이다. 물론, 아주 황당무계한 이야기였다. 정상적인 사
람에게 이런 말을 했다면, 고소를 당해 의사 면허를 박탈당했을지도
모르겠다. 하지만 레아는 한 가지에 꽂히면 앞뒤 가리지 않고 달려
드는 단순무식한 반사회적 인격장애자였다. 그러니 이런 방법도 통
하는 것이다.

처음에 레아는 잠시 멍하니 앉아 있었다. 혹시나 레아가 내 속셈

을 눈치챈 것이 아닐까 싶어 초조했다. 하지만 역시나 괜한 걱정이었다. 오히려 레아는 무척 고마워했다.

"그런데 수면제는 어디서 구하죠?"

"아, 그게 문제겠네. 처방전을 쓰면 부모님이 아시게 될 테니까."

"선생님이 그냥 구해주시면 안 돼요?"

"내가 쓰던 게 있긴 한데……."

레아는 아이같이 웃으며 빨리 달라고 손을 내밀었다. 나는 머뭇거리는 척하며 서랍에서 꺼낸 약병을 손수건으로 집어서 망설이는 척 살살 문질렀다. 지문을 닦아내기 위해서였다. 하지만 레아는 내가 장난을 치는 줄 알았는지, 벌떡 일어나 수면제 통을 낚아채갔다. 물론, 통 안에 넣어둔 수면제에는 극소량만 먹어도 죽음에 이를 수 있는 청산가리가 콩고물처럼 묻어 있었다.

"이건 어디까지나 우리 둘만의 비밀인 거, 알고 있지?"

"그럼요. 제 걱정 말고 선생님이나 입단속 잘하세요. 하하!"

"천연 성분이니까 손에 덜어 먹지 말고 약통째 털어 먹어야 좋을 거야."

레아는 대답 대신 약통을 들고 신나게 흔들었다. 나는 레아가 그렇게 신이 나서 웃는 모습을 그날 처음으로, 아니 마지막으로 보았다. 다음 날 저녁, 레아가 성당에서 죽었다는 소식을 들었다. 레아는 정말 성당 벤치에 앉아 청산가리가 묻은 수면제를 한 입에 털어 넣었다고 했다. 내 명단에 빨간 줄 하나가 또 그어졌다. 어쩌면 레아는 이 명단에 가장 짧게 머문 사람인지도 모르겠다. 어쨌든 나는 또 한 명의 반사회적 인격장애자를 세상과 격리하는 데 성공했다.

그런데 지금, 또 다른 괴물 하나가 나를 찾아와 심기를 건드리고 있다. 그것도 먼저 보낸 레아를 언급하면서 말이다. 그나마 다행인 것은 테오가 이미 내 명단에 올라와 있다는 점이다. 레아를 애도할 수 있는 기간이 너무 짧아 아쉬웠지만, 모두를 위해서 다음 작업은 좀 더 서두를 필요가 있었다.

#28

남 형사의 시점

"찬미 예수님! 오늘도 이렇게 참석해주셨네요. 감사합니다."

목요일 늦은 8시, 디모테오 신부가 심해성당 대회의실에서 예비자 교리 수업을 막 시작하고 있었다. 나는 대회의실 구석 자리에 자리를 잡았다. 그런데 분위기가 이상했다. 예비자 교리 수업 시간은 마치 아이돌의 팬 미팅 현장을 연상시킬 정도로 열기가 뜨거웠다. 무엇보다 사람들이 너무너무 많았다. 원래 예비자 교리 수업은 성당의 작은 회의실에서 주로 진행되었는데, 지금은 사람들이 너무 많이 몰리는 바람에 장소를 대회의실로 옮겼다는 말도 들었다. 그런 노력에도 불구하고 여전히 자리가 부족해 보였다. 결국, 다른 회의실에 있던 의자들을 총동원하여 대회의실 뒤쪽에 임시 좌석까지 만들었다. 더 재밌는 것은 교리 수업을 받는 사람들의 98퍼센트 정도가 여자라는 것이다. 도대체 이 많은 여자들은 어디서 어떻게 소문을 들고 여기까지 오게 된 걸까? 문득, 이 자리에 앉아 있는 내가 한심하게 느껴졌다. 나처럼 디모테오 신부가 직접 나서서 전도를 한 사람도 꽤 많을 것 같았다. 강의실 맨 앞줄에는 마 교수 병원에 근무하는 간호사도 한 명 앉아 있었다. 지난번에 마 교수를 만나러 갔을 때 워낙 까칠하게 굴어서 얼굴을 기억하고 있었다. 맨 앞줄에 앉은 그 간호사는 마치 해바라기 같았다. 디모테오 신부가 움직이는 대로 고개를 움직였고, 무슨 말을 할 때마다 아이돌 팬 수준의 반응을 보였다.

불편하고 낯 뜨거운 상황이었지만, 디모테오 신부의 강의가 시작되자 조금씩 나아졌다. 강의가 꽤 들을 만했기 때문이다. 간결하고 깔끔한 내용도 좋았지만, 지루하지 않을 만큼 적절하게 가미된 유머도 돋보였다. 마치 건빵 봉지에 든 별사탕처럼. 그럼에도 불구하고 대부분의 예비 신도들은 디모테오 신부의 강의보다 매력적인 외모와 목소리에 푹 빠져 있었다. 그런 이상한 분위기에 휩쓸려 멍하니 강의를 듣다가 나는 그만 디모테오 신부와 눈이 마주쳐버렸다. 괜히 어색한 마음이 들어 고개를 숙였다. 한참 후, 다시 고개를 들어 보니 디모테오 신부가 계속해서 나를 쳐다보고 있었다. 어느새 귓불까지 빨갛게 부끄러움이 번졌다. 그렇다고 디모테오 신부의 시선을 마냥 피할 수도 없었다. 디모테오 신부가 당황하는 내 모습을 왠지 즐기고 있는 것 같았기 때문이다.

"자 그럼, 다음 이 시간에도 여러분들이 잘생긴 제 얼굴을 보러 오시리라 믿으면서 오늘 강의는 여기서 마칩니다. 찬미 예수님! 조심히 돌아가세요."

예비 신도들의 아쉬운 탄성이 여기저기서 들렸다. 그렇게 아이돌 팬 미팅 같았던 예비자 교리 수업이 끝났다. 수업은 끝났지만, 예비 신도들의 재잘거림은 더욱 커졌다. 모두들 디모테오 신부에게 한 번이라도 말을 걸어보기 위해 혈안이 되어 있었다. 놀랍게도 평소에는 얼음장 같던 디모테오 신부가 웃는 얼굴로 예비 신도들의 질문에 성실히 답하고 눈도 맞춰주었다. 그 간호사는 디모테오 신부에게 살짝 윙크까지 했는데, 디모테오 신부가 다시 윙크로 받아주기까지 했다. 기가 막혔다. 시간이 얼마나 지났을까? 예비 신도들이 하나둘씩 강의실에서 사라지자 디모테오 신부의 가식 어린 미소도 서서히 사라졌다. 이때다 싶어 나는 기둥 뒤에 숨어 있다가 디모테오 앞에 불쑥 나타났다.

"신부님!"

"아, 아직 안 가셨네요?"

"오우, 생각했던 거보다 강의 잘하시던데요?"

"안 오실 줄 알았는데, 오셨네요?"

"네, 뭐 그냥 예비자 교리가 궁금하기도 해서."

"이왕 이렇게 된 거 앞으로도 빼먹지 말고 나오세요. 아까 보니, 강의 듣는 자세도 좋던데요?"

"아휴, 그만 좀 놀리세요."

"놀리는 거 아닌데."

"됐고요. 실은 레아에 대해 말씀드릴 게 있어요."

"아, 네. 말씀하세요."

"결론부터 말씀드리면, 신부님 말대로 레아는 충격을 받았다고 해서 수면제를 먹고 자살할 아이는 절대 아니었어요. 레아의 반 친구들과 가족, 그리고 선생님들까지 다 만나봤거든요. 모두 하나같이 똑같은 말을 했어요. 레아는 절대 그럴 아이가 아니라고. 더 충격적인 사실은 레아가 원조교제를 했다고 하는데, 그게 좀⋯⋯."

"돈 때문이 아니라, 원조교제 자체를 즐겼다는 거죠?"

"그걸 어떻게 아셨어요? 혹시, 신부님한테도?"

"그럴 리가요."

"뭐, 어쨌든 말씀대로 돈 때문은 아니었어요. 겉으로 보면 원조교제였지만, 레아는 돈을 받을 생각이 전혀 없었어요. 레아가 관계를 맺을 장소와 시간을 미리 경찰에 알려주곤 했거든요. 레아와 관계를 맺은 남자들은 모두 사회적으로 매장되거나 범죄자가 됐어요. 그들 중에는 학교 선생님도 있었고요. 그러니까 레아는 아무리 절망적인 상황에 처해도, 사고를 치거나 복수를 했으면 했지 자책하거나 자살할 아이는 아니었다는 거죠."

"그래요. 근데 여전히 타살이라는 결정적인 증거는 없네요."

"그래서 말인데요. 레아 때문에 곤경에 빠졌던 남자들을 좀 더 만나보려고요. 레아 때문에 망신당한 남자들 중에 누군가 앙심을 품고 그런 짓을 꾸밀 수도 있을 테니까요."

"그렇게 분명한 이유가 있는 사람이 과연 그런 짓을 했을까요? 범인이 따로 있다면, 표면적으로 절대 드러날 일이 없는 사람일 거예요."

"혹시 따로 짚히는 사람이라도 있으세요?"

"레아의 정신과 주치의 마해석 교수요!"

"아직도 그분을 의심하는 거예요? 에이, 말도 안 돼요."

"그러니까 저를 의심한 것은 말이 되냐고요?"

"근데 무슨 근거로 자꾸 마 교수님을 의심하는 거예요?"

"마 교수는 정신과 의사라는 직업 때문에 사회적으로나 정서적으로 안정돼 보이지만, 감정적으로 아주 극단적인 면이 있는 사람이거든요. 이번 사형 집행 재개 법안을 상정하는 데 마 교수의 영향이 컸다는 점만 봐도 그래요. 정신과 의사로서 그런 법안을 찬성했다는 것 자체가 모순이잖아요."

"근데 그게 레아의 사망 사건이랑 무슨 관계가 있나요?"

"이런 말을 남 형사님에게 해도 될지 모르겠지만, 제가 생각하기에 레아는 품행장애가 아니었어요."

"그럼, 혹시 사이코패스?"

"네, 제가 아는 한 레아는 사이코패스일 확률이 높아요. 물론 마 교수가 더 잘 알고 있겠지만."

"그러니까 신부님 말씀은 마 교수가 사이코패스일지도 모르는 레아를 자살하도록 만들었다는 건가요?"

"아마도."

"의사가 자기 환자를 죽였단 말이에요? 말도 안 돼요. 또 레아가 그렇게 만만한 아이도 아니고요"

"구체적인 방법은 저도 잘 모르겠어요. 확실한 것은, 마 교수는 레아 같은 반사회적 인격장애자들을 그냥 지켜보는 사람이 아니었다는 거예요. 설사 그들이 범죄를 저지르지 않았다고 해도 반드시 사회에서 격리해야 한다고 주장하는 사람이니까. 그러니 레아도…….”

“마 교수가 자살을 하도록 만들었거나 방조했을지 모른다?”

“네, 그렇게 드러내지 않고 교묘한 짓을 벌일 사람은 흔하지 않으니까요. 물론, 제 추측일 뿐이에요. 그러니 이제부터는 그걸 증명할 방법을 찾아야죠.”

“좋아요. 일단, 마 교수를 좀 더 조사해볼게요.”

“그보다, 이제 남 형사님도 재조사가 필요하다고 확신하시는 거죠?”

“누가 봐도 합리적인 의심이 드니까요. 제가 또 찜찜한 걸 못 참거든요.”

“고마워요. 본인이 자살로 결론지은 사건을 재조사하기가 어려울 텐데 말이에요.”

“어머, 왜 이러세요? 신부님 때문에 시작한 거 아니라니까요.”

“네, 그럼요. 근데 이번 사건은 그리 간단하진 않을 거예요.”

“사실 좀 막막하긴 해요. 어디서부터 다시 시작해야 할지…….”

“말씀하신 대로 마 교수 주변을 더 파봐야 할 거예요. 일테면 자살이나 사고사로 죽은 마 교수의 환자가 얼마나 되는지를 알아본다거나…….”

“아, 그거 좋겠네요. 근데 설마 그걸 알아보려고 간호사도 교리 수업에 부른 거예요?”

디모테오 신부는 대답 대신 희미한 미소를 지었다. 나는 또 말문이 막혔다. 내가 저 미소 때문에 재조사를 시작한 게 아닌가 싶기도 했다. 그사이 디모테오 신부는 인사를 하고 어디론가 사라졌다. 혼자 남겨진 나는 또다시 고민에 빠졌다. 레아 사망 사건을 재조사하는 것이 형사의 의무감 때문인지, 아니면 디모테오라는 매력적인 사제의 영향 때문인지 자꾸만 헷갈렸다. 분명, 이 사건은 의심스러운 구석이 많았다. 하지만 디모테오의 말만 믿고 이렇게 재수사를 시작해도 되는 걸까? 형사의 관점에서 디모테오 신부 역시 마 교수 못지않게 의심스러운 구석이 많은 사람이었다.

"어, 남 형사님? 여기서 뭐하고 계세요?"

"아, 베드로 신부님!"

"설마 형사님도 테오 팬클럽에 가입하신 거예요?"

"아뇨, 그게 아니라. 디모테오 신부님이 예비자 교리 수업을 들어야 만나준다고 해서."

"세상에. 테오를 만나기 위해 예비자 교리 수업까지 듣는다고요?"

"아뇨, 그게 아니라. 원래 천주교 집안에서 태어났는데 식구 중에 저만 세례를 아직 못 받았거든요. 그래서 겸사겸사?"

"저런, 하느님이 섭섭하시겠어요. 믿음 외에 다른 목적이 있었다니. 뭐, 그래도 결과적으로 하느님 품으로 오신 거니까. 환영합니다. 남 형사님!"

"아이 참, 그만 좀 놀리세요. 그보다 베드로 신부님! 사실 신부님한테도 여쭤보고 싶은 게 있는데, 지금 시간 괜찮으세요?"

"네, 그럼요. 무엇이든 물어보세요!"

"베드로 신부님이 디모테오 신부님의 유일한 친구라고 들었는데, 맞나요?"

"하하, 글쎄요. 그 녀석이 저를 친구로 생각하는지는 잘 모르겠지만, 저는 그렇다고 볼 수 있죠."

"그럼, 대답해주실 수 있겠네요. 디모테오 신부님이 어떤 사람인지."

사실, 나는 레아의 사망 사건을 재조사하면서 디모테오 신부도 조사하고 있었다. 우선, 디모테오 신부와 같은 신학교를 다녔던 사제들을 직접 찾아가 디모테오 신부에 관한 여러 가지 이야기를 들었다. 그들의 말에 따르면, 디모테오 신부는 평소 감정 표현이 거의 없고 누군가에게 곁을 주지 않을 뿐 아니라 다가가기 힘든 사람이었다. 또한, 명석한 두뇌와 남다른 재주가 많아서 어떤 과목이든 1등을 놓친 적이 없는 모범 학생이었다. 한마디로, 똑똑하고 비범하지만 왠지 모르게 껄끄럽고 다가가기 힘든 사람이었다. 또한, 디모테오 신부는 전혀 성향이 다른 베드로와 항상 붙어 다녔는데, 친구들이 보기에 디모테오 신부가 모난 성격으로 크고 작은 문제를 일으키면, 언제나 뒷수습을 하는 것은 베드로 신부였다. 물론, 여기까지는 대충 짐작이 가는 상황이었다. 하지만 나를 혼란스럽게 만든 것은 디모테오 신부가 부제 시절 일어났던 식복사 자살 사건에 관한 이야기였다. 사제들 사이에서는 모르는 사람이 없을 정도로 유명한 사건이었다. 디모테오라는 사제를 식복사 자살 사건 때문에 기억하는 사람들도 많았다. 하지만 나는 사건 자체보다 이로 인해 돌기 시작한 디모테오 신부의 과거에 대한 소문 때문에 더 놀랐다.

"베드로 신부님! 디모테오 신부님이 정말 연쇄살인범 강치수의 아들인가요?"

급작스러운 내 질문에 베드로는 당황하는 것처럼 보였다. 아니, 무언가 망설이는 것처럼 보이기도 했다. 덕분에 나는 떠도는 이야기가 허무맹랑한 소문이 아님을 알아챘다. 아무런 대답도 못 할 것 같았던 베드로 신부의 얼굴이 평소와 조금 다른 빛을 띠었다. 이윽고 그가 내게 되물었다.

"그걸 왜 물으시죠? 그게 지금 무슨 문제라도 되나요?"

깜짝 놀랐다. 베드로 신부가 그렇게 정색을 하고 나올 줄은 몰랐기 때문이다. 뭐라고 대답을 해야 할까? 망설이는 사이 베드로 신부가 다시 물었다.

"테오에 대한 그냥 개인적인 질문이가요? 아니면, 형사 입장에서 묻는 건가요?"

"직설적으로 물어보시니까 저도 직설적으로 말씀드릴게요. 사실, 처음에는 레아를 자살로 몰고 간 사람이 디모테오 신부님이 아닐까 의심했어요. 하지만 막상 디모테오 신부님과 대화를 하다 보니, 자살이 아닐지도 모른다는 의심이 들기 시작했어요. 그래서 지금은 레아의 사망 사건을 비공식적으로 재수사하고 있는 거구요. 그런데 조사하는 과정에서 디모테오 신부님과 관련된 여러 이야기를 들었고 디모테오 신부님에 대한 의구심이 다시 생겨났어요. 요컨대 제 의구심을 해소하고 싶다는 얘깁니다.”

“지금 형사님께서 알고 계신 테오의 모습을 있는 그대로 보고 판단하시면 될 것 같은데요. 테오가 자신도 어쩔 수 없었던 과거 일로 의심받고, 손가락질받는 것은 원하지 않거든요.”

“베드로 신부님은 디모테오 신부님에 대해서 모든 걸 알고 있다고 확신하나요?”

“글쎄요. 테오에 대해 다 안다고 말은 못 하겠지만, 내가 아는 한 테오는 한 번도 내 믿음을 배신한 적 없는 사람이에요.”

“디모테오 신부님이 사이코패스일지도 모른다고 생각하는 사람들도 있는 것 같아요. 그런 의견에 대해서는 어떻게 생각하세요?”

“테오가 자기 감정을 잘 드러내지 않는 건 사실이에요. 그래서 사이코패스처럼 냉정하고 잔인해 보일 수도 있죠. 하지만 그런 사람이 과연 사제라는 직업을 선택했을까요? 아니, 사제가 될 수 있었을까요?”

“좋아요. 그렇다고 쳐요. 하지만 저는 문제가 있으면 의심을 할 수밖에 없는 형사예요. 지금 저는 베드로 신부님에게 의심을 완전히 날려버릴 확신을 달라고 부탁드리는 거예요. 도대체 디모테오 신부님에 대한 베드로 신부님의 절대적인 믿음은 어디서부터 비롯된 거죠?”

“테오 어머니는 저를 살리겠다고 살인마에게 달려들었다가 돌아가셨어요. 그리고 테오 역시 저를 살리겠다고 살인마 앞에서 무릎을 꿇었고요. 남 형사님이 저라면 그런 테오를 믿지 않을 수 있겠어요?”

더 이상 할 말이 없었다. 그저 어렴풋이 느껴졌다. 누군가에 대한 믿음, 아니 확신은 한마디 말로 만들어지는 것이 아님을. 그런 확신이 들기까지 얼마나 많은 시간과 절망이 필요했을지, 나는 가늠조차 할 수 없었다.

"제 말에 기분 나쁘셨다면 죄송해요. 의심하는 게 직업인 사람이라 어쩔 수가 없었네요."

"아닙니다. 오히려 제가 너무 정색을 하고 얘기한 거 같아 죄송하네요."

"그런데 신부님! 저 장비들은 다 뭐예요?"

"지난 며칠 성당에서 촬영을 했거든요. 사제들의 삶을 그린 다큐멘터리라고 하더군요. 촬영은 거의 다 끝났는데 아직 장비를 다 안 가져갔네요."

"어머, 그럼 신부님들이 방송에 나오는 건가요?"

"네, 아마도? 하하."

"본방사수 해야겠네요."

"근데 아마 보기 힘드실 거예요. 사람들이 잘 안보는 다큐멘터리 채널이라. 하하."

베드로와 나는 어색하게 웃었다. 우리 두 사람은 어색한 웃음을 지으며 밖으로 나왔다. 마침, 디모테오 신부가 성모상 앞에서 기도를 드리고 있는 모습이 보였다. 그 모습을 보고 절로 숨을 죽일 수밖에 없었다. 그림처럼 서 있는 디모테오 신부를 방해하고 싶지 않았기 때문이다. 그렇게 별도 달도 잠이 든 깊은 밤, 디모테오와 베드로,

그리고 나는 서로 다른 고민에 빠져 침묵을 지키고 있었다. 하지만 침묵은 그리 오래가지 못했다. 성당 주차장에서 비명 같은 자동차 브레이크 밟는 소리가 들렸기 때문이다.

#29
베드로의 시점

성당 앞마당에 서 있던 우리 세 사람은 일제히 고개를 돌려 주차
장 쪽을 바라봤다. 잠시 후, 자동차 문이 벌컥 열리고 한 남자가 내리
더니 돌진하듯 성당 앞마당으로 뛰어들었다. 어두웠기 때문에 남자
가 성당 앞마당에 들어서고 나서야 누구인지 알아볼 수 있었다. 요
셉의 아버지, 야곱이었다.

"베드로 신부님! 혹시 저희 요셉 못 보셨나요?"

"왜요? 무슨 일이 있나요? 요셉은 주일에 보고 못 봤는데요."

"그럼, 도대체 어딜 간 거지? 혹시 성당에 요셉이 숨어 있을 만한
장소가 있을까요?"

"아니, 왜 요셉이 성당에 숨어요? 무슨 일이 있었나요?"

"녀석이 말을 안 들어서 혼을 좀 냈더니, 집을 나가 버린 것 같습
니다."

"아이고, 벌써 11시가 다 되었는데 어린애가 도대체 어딜 간 거지?"

"제 생각엔 요셉이 숨어 있을 곳은 성당밖에 없어요. 신부님, 죄송하지만 성당 구석구석을 찾아봐주실래요?"

"그러실 필요 없습니다!"

입을 다물고 있던 테오가 불쑥 나섰다. 내가 깜짝 놀라 멍하니 테오를 쳐다보고 있는 사이 테오는 요셉 아버지에게 바짝 다가서며 말했다.

"요셉은 지금 성당에 없습니다."

"그게 무슨 말씀이시죠? 그럼 신부님은 우리 요셉이 있는 곳을 아신다는 말씀인가요?"

"네, 제가 요셉을 안전한 곳에서 보호하고 있습니다."

"테오야, 그게 무슨 말이야?"

"요셉 아버님! 그동안 아무도 몰래 요셉을 학대하셨더군요. 아닌가요?"

"뭐, 뭐라고?"

"오늘 낮에 요셉이 피투성이가 돼서 저에게 찾아왔어요. 그래서 제가 바로 요셉을 병원에 입원시켰습니다. 몸 구석구석에 상처가 없는 곳이 없고, 다리와 팔은 금이 가거나 부러졌더군요. 도대체 요셉한테 무슨 짓을 하신 겁니까?"

"내 소중한 자식 내가 알아서 훈육한다는데 당신이 무슨 자격으로 떠들어? 자식도 없는 주제에 뭘 안다고! 이제 보니 당신이 요셉을 납치했던 거로군. 아무것도 모르는 애를 살살 꼬드겨서 말이야!"

"그렇게 자식이 소중하다는 분이 폭력을 행사하셨습니까?"

"이게 보자보자 하니까, 새파랗게 젊은 놈이 누굴 가르치려 들어?"

"요셉 아버님! 잠시만요. 여기서 이러시면 안 되죠. 일단, 요셉이 어디 있는지 알았다는 게 중요하지 않습니까? 테오야, 지금 요셉이 있는 병원이 어디지?"

"요셉 아버님에게는 말씀드릴 수 없습니다."

"아니, 이자식이 정말?"

"자식을 낳았다고 해서 저절로 부모 자격이 생기는 것은 아니죠. 그러니 본인이 부모 자격이 있는지 먼저 생각해보세요!"

"이 새끼가 정말! 내가 경찰들 데리고 와야 정신 차리겠어?"

"잠시만요. 심해경찰서에서 나온 남 형사입니다. 일단, 저랑 먼저 경찰서로 가실까요?"

"뭐야? 당신이 정말 경찰이야? 그럼, 이 개자식 먼저 잡아가라고! 금쪽같은 내 자식을 이놈이 납치해 갔으니까!"

"아이고, 요셉 아버님! 여기서 이러시면 안 됩니다. 제발, 진정하세요!"

"신부라는 놈이 내 자식 가지고 협박을 하는데 그럼 나보고 가만 있으라고? 난 그렇게 못 해! 어이, 거기 경찰 양반! 진짜 경찰이면 저 인간 빨리 잡아가지 않고 뭐하고 있어?"

"야곱! 이제 그만하시죠!"

갑자기 나타난 유스티노 신부님의 우레 같은 목소리에 모두들 깜짝 놀라 동작을 멈췄다. 흥분해서 테오의 멱살을 잡았던 요셉 아버지도 슬며시 멱살을 풀었다. 그는 약자에겐 강자처럼 굴지만, 강자에겐 스스로 고개를 숙이는 사람이었다. 나는 정신을 가다듬고 조금 전 상황에 대해 유스티노 신부님에게 차근차근 설명했다. 짧은 침묵이 흘렀다. 가슴이 조마조마했다. 평소 테오를 못마땅하게 생각하는 유스티노 신부님이 테오에게 어떻게 나올지 어느 정도 예상이 되었기 때문이다. 하지만 유스티노 신부님은 뜻밖의 이야기를 꺼냈다.

"디모테오 신부에게 요셉에 대한 이야기를 상세히 보고받았습니다. 물론, 요셉의 의사도 충분히 들었고요. 모든 상황을 파악한 후, 제가 직접 요셉을 야곱에게서 떼어놓는 게 좋겠다고 생각해 결정했습니다. 그러니 야곱은 조용히 형사님을 따라 경찰서로 가시죠!"

유스티노 신부님의 말에 깜짝 놀랄 수밖에 없었다. 나도 모르고 있던 요셉의 행방을 유스티노 신부님까지 알고 있을 뿐만 아니라 테오가 미리 허락까지 받았다니. 나는 테오의 현명함에 다시 한 번 놀랐다. 때마침, 유스티노 신부님이 부른 것으로 보이는 경찰 두 명이 성당 안으로 들어왔다. 유스티노 주임신부님의 단호함에 기가 눌렸는지 야곱은 더 이상 반항하지 않고, 순순히 경찰들을 따라 경찰서로 향했다.

##

자정이 넘어서야 일을 마치고 사제관으로 돌아왔다. 그때, 사제관 앞 벤치에 누군가 우두커니 앉아 있는 게 보였다. 테오였다. 공교롭게도 레아가 얼마 전에 숨을 거두었던 벤치에 앉아 있었다.

"뭐해, 안 들어가고."

"바람도 좋고 달빛도 좋아서."

테오의 말에 나도 그 옆에 털썩 주저앉았다. 그러자 테오가 나를 슬쩍 쳐다봤다. 달빛을 닮은 테오의 서늘한 시선을 의식하며 나직하게 물었다.

"괜찮아?"

"뭐가?"

"그냥, 오늘 이래저래 마음이 심란할 것 같아서."

"그러게. 맘이 편하지는 않네."

"어제는 교도소 다녀왔다며?"

"응, 그 사람 유품이랑 유골 정리하고 왔어."

"어디에 모셨는데?"

"그냥, 어딘가에."

"마음이 어땠을지 짐작이 안 간다. 너한테 아버지는 너무 잔인한 존재라서."

"그러게. 마음이 좀 그러네. 뭔가를 잃어버린 것 같기도 하고. 너는 어때?"

"나야 뭐. 이미 원망할 만큼 원망했던 사람이라…… 이젠 그만해 야지."

"그래, 그래야지."

그렇게 말하면서 테오는 자신의 가슴을 두드렸다. 눈물이 핑 돌았 다. 테오는 좀처럼 감정을 드러내지 못하지만, 마음이 아플 때마다 가슴을 두드리는 버릇이 있었다. 표현하지 않았을 뿐, 테오 역시 보 통 사람들처럼 희로애락을 느끼고 있는 것이다. 사람들은 테오가 냉 혈한 같다고 말하지만 테오는 절대 그런 사람이 아니었다. 살아내기 위해 자신의 마음을 표현할 길을 잃어버렸던 불쌍한 영혼일 뿐이다.

"테오야! 그렇게 가슴만 두드리지 말고 앞으로는 아프면 아프다, 슬프면 슬프다고 말 좀 하고 살아."

"아, 내가 또 가슴을 두드렸나?"

"응, 항상."

"그래, 앞으로는 네 말대로 할게."

"그나저나 요셉은 어떻게 된 거야?"

"요셉 처음 봤을 때, 내가 좀 이상하다고 했었지? 알아보니까 그 동안 아버지가 요셉을 남모르게 학대해왔던 것 같아. 그래서 요셉도 점점 삐뚤어졌던 거지."

"아니, 아무리 그래도 병원에 입원시켜야 할 정도로 아이를 때렸 다니!"

"요셉 상태를 보고 아무래도 일이 커질 것 같아서 바로 유스티노 신부님께 말씀드렸어."

"나만 몰라서 좀 서운하긴 했지만, 그래도 먼저 말씀드린 건 잘했네. 유스티노 신부님은 원칙을 중시하는 분이니까. 그지?"

"그래, 네 말이 맞아. 근데 넌 아까 남 형사랑 무슨 이야기를 한 거야? 사실 아까 교리 수업 끝내고 너한테 요셉 이야기 하려고 했는데."

"너 뒷담화 좀 했다. 왜?"

"뭐라고? 내가 사이코패스 같다고?"

"알고는 있었냐? 그러니까 남 형사한테 좀 잘해. 나처럼 상냥하고 친절하게."

"너처럼? 난 네가 더 걱정이야."

"내가 뭐?"

"오늘 촬영한 내용이 곧 방송에 나올 텐데. 네가 나오면 사람들이 헷갈릴 거 아냐. 여기가 교회인지 절인지."

그러면서 테오는 머리 한 가닥도 허락하지 않은 말끔한 내 민머리를 짓궂게 쓰다듬었다. 덕분에 테오도 나도 오랜만에 웃을 수 있었다. 물론 희미한 미소에 불과했지만, 나는 테오의 얼굴을 바라보며 생각했다. 테오가 웃을 수만 있다면 앞으로 누구에게 어떤 놀림감이 되어도 괜찮을 것 같다고.

#30
남 형사의 시점

마해석 교수가 있는 병원을 다시 찾았다. 사실, 마 교수를 만나기 위해서라기보다 지난밤 성당에서 봤던 김 간호사를 만나기 위해서였다. 급한 마음에 김 간호사를 보자마자 나는 반갑게 인사했다. 하지만 김 간호사는 나를 보고도 반가워하지 않았다. 아니, 오히려 내가 찾아온 것이 무척 불쾌한 모양이었다. 머쓱해진 나는 마 교수를 만날 수 있겠냐고 조심스럽게 물었다.

"오늘 선생님 스케줄이 꽉 차서 어찌될지 모르겠네요."

"그래요? 그럼 일단 기다리겠습니다. 저 오늘 시간 많거든요!"

3박 4일 잠복근무도 하는데, 이 정도도 못하랴 싶어서 나는 대기실 소파에 주저앉았다. 그러면서 계속 김 간호사의 눈치를 봤다. 마 교수의 진료실엔 환자들이 끊이지 않고 드나들었다. 딱히 할 일도 없었기에 시시때때로 자리에서 일어나 김 간호사 앞을 왔다 갔다 했다. 내가 아직 대기실에 있다는 것을 인지시키기 위해서다. 하지만 김 간호사는 내게 눈길 한 번 주지 않았다. 어느새 오전 진료 시간이 다 가고 있었다. 오전 진료의 마지막 환자를 남겨두었을 무렵, 나는 용기를 내어 김 간호사에게 다가갔다.

"혹시, 어제 심해성당에서 예비자 교리 수업 받지 않으셨나요?"

"네, 그런데요?"

"실은 저도 어제 심해성당에서 예비자 교리 수업을 들었거든요."

"네, 알아요."

"어머, 저를 보셨어요?"

"그럼요. 디모테오 신부님이랑 아주 친해 보이시던데요?"

"아휴, 아니에요. 얼마 전에 성당에서 일어난 사건 때문에 신부님의 협조가 필요한데, 협조받으려면 교리 수업을 꼭 들어야 한다고 하셔서 갔던 거예요."

"그래요? 그럼, 어제도 그래서 오신 거예요?"

"그럼요. 아시잖아요? 디모테오 신부님이 얼마나 까칠하신지."

"까칠하신 게 아니라 깍듯하신 거죠."

"하하, 그럼요. 근데 지금 마 교수님 오전 진료 끝나신 거 맞죠?"

"네, 마지막 환자분 나오고 바로 들어가시면 될 거예요."

"감사합니다."

그제야 나는 김 간호사가 나한테 왜 그렇게 냉랭하게 굴었는지 깨달았다. 어제 디모테오 신부와 따로 만나 얘기하던 나를 질투하고 있었던 것이다. 어쨌든 인내심 있게 기다린 보람이 있었다. 드디어 마지막 환자가 진료실에서 나왔다. 그러자 김 간호사가 벌떡 일어나 먼저 진료실로 들어갔다. 아마도 내가 찾아왔다고 알리기 위해서일 것이다. 잠시 후, 김 간호사가 마 교수에게 싫은 소리를 들었는지 살짝 상기된 얼굴로 진료실을 나왔다. 혹시 나 때문에? 하지만 지금은 그녀를 챙길 여유가 없었다. 나는 김 간호사에게 정말 미안하다는 눈빛을 보낸 후에 마 교수의 진료실로 들어갔다.

"안녕하셨어요, 마 교수님!"

내가 바로 진료실로 들어서자 마 교수는 당황해하는 눈치였고 얼굴에서는 짜증이 스쳐 지나갔다. 하지만 마 교수는 프로답게 곧 온화한 표정을 지으며 나를 반겼다.

"남 형사님 아니신가요? 여길 또 어떻게……."

"기억하고 계셨네요. 감사합니다."

"설마 상담을 받으러 오신 건 아닐 듯하고……."

"하하, 아닙니다. 사건 때문에 몇 가지 여쭤보려고요. 그보다 약속도 없이 이렇게 불쑥 찾아와서 정말 죄송합니다."

"지난번 사건은 종결되었다고 들었는데, 무슨 일이신가요?"

"아, 오늘은 다른 사건 때문에 왔습니다. 살인 사건인데, 유력한 용의자가 정신적으로 문제가 있는 사람 같아서요. 정신과 전문의로서 고견을 말씀해주시면 감사하겠습니다."

나는 마 교수가 생각할 틈을 주지 않고 미리 준비했던 질문들을 쏟아내기 시작했다. 살인을 일으킨 범죄자를 사이코패스라고 판단할 수 있는 결정적인 증거, 그들이 범죄를 일으키는 심리, 그리고 정신질환자 중에 사이코패스로 판명된 국내 사례가 얼마나 되는지, 이 경우 치료를 어떻게 하는지 등을 구체적으로 물었다. 물론, 마 교수는 질문에 대한 답변을 선선히 해주었다. 하지만 자신의 의견은 덧붙이지 않고 추상적이고 상식적인 답을 주었을 뿐이다. 왠지 더 답답한 기분이 들었다. 마 교수가 무언가를 숨기고 있다는 생각이 자꾸 들었기 때문이다. 결국, 나는 더 이상 물어봐야 의미가 없다고 판단하고 마무리를 지으려고 했다. 그때, 마 교수가 불쑥 물었다.

"그런데 형사님! 정말 다른 사건 때문에 찾아오셨나요?"

"네, 그럼요."

"최근 이 구역에선 살인 사건이 없었던 걸로 알고 있는데요."

마 교수는 내가 찾아온 의도를 이미 알아챈 것이다. 내가 당황하자 마 교수는 살짝 미소를 지었다. 묘하게 기분 나쁜 미소였다.

"점심시간인데, 제가 시간을 너무 많이 빼앗았네요. 좋은 말씀 해주셔서 감사합니다. 그럼, 저는 이만 일어서겠습니다."

그렇게 마 교수를 혼자 남겨두고, 진료실을 나왔다. 점심시간이라 그런지 대기실엔 간호사들도 환자들도 보이지 않았다. 나는 아무도 없는 대기실을 걸어 나오며 생각했다. 디모테오 신부의 말이 어쩌면 사실일지도 모른다고. 하지만 역시나 심증뿐이었다. 이제, 어떻게 해야 할까? 그때, 누군가 다가와 내 어깨를 두드렸다.

"남 형사님! 혹시, 시간 있으세요?"

김 간호사였다. 김 간호사의 양손엔 커피 한 잔씩이 들려 있었다. 순간, 나는 구세주를 만난 기분이 들었다. 우리 두 사람은 휴게실로 향했다.

"그러니까, 김 간호사님이 디모테오 신부님 팬 카페를 만드셨다고요?"

"네, 어제 예비자 교리 수업 듣고 나오다가 마음 맞는 사람들끼리 의기투합해서 바로 만들었어요. 보아 하니 우리 남 형사님도 디모테오 신부님한테 관심이 있으신 것 같은데, 아닌가요?"

그렇게 말하며 김 간호사는 내게 눈을 깜빡거렸다. 어이가 없었다. 하지만 김 간호사와 친해질 수 있는 절호의 기회를 놓칠 수는 없었다. 결국, 나는 김 간호사가 만든 디모테오 신부의 팬 카페에 초대 멤버로 가입했다. 팬 카페의 정식 명칭은 '검은 천사 테오'를 줄여서 '검천테'였다. 그렇게 어이없이 '검천테'라는 팬클럽에 가입하고 활동을 시작했다. 카페 활동을 하면서 깜짝깜짝 놀라곤 했다. 회원들의 활동이 너무도 열정적이었기 때문이다. 디모테오 신부에 대한 정보력과 조직력 또한 웬만한 연예인 팬클럽 못지않았다. 이번 주말에는 성당에서 첫 정모를 하기로 했다. 검천테의 공식 발대식을 거행하기 위해서다. 나는 정말 이래도 되나 싶었지만, 사건 수사를 위해서라면 뭐든 못 하랴 생각하며 마음을 다잡았다. 하지만 팬클럽 활동을 하면 할수록 자꾸만 손발이 오그라들고, 얼굴이 화끈거리는 것을 막을 방법은 없었다.

#31
마 교수의 시점

남 형사가 다녀간 날 저녁, 나는 직원들이 모두 퇴근한 후에도 집에 돌아가지 않고 진료실에 오래도록 앉아 있었다. 창밖은 어두웠고 간간히 반짝이는 네온사인 불빛만이 사무실을 밝히고 있었지만, 나는 불을 켜지 않았다. 어둠 속에 있어야 훨씬 더 완벽한 시나리오를 짤 수 있을 것 같았기 때문이다. 물론, 이 시나리오는 강치수의 아들, 테오가 주인공이다. 그렇게 한참을 어둠 속에 앉아 있다가 네온사인 불빛도 하나둘 사그라질 무렵에야 시나리오 작업을 마무리할 수 있었다. 사실 처음 테오가 심해성당에 부임했을 때만 해도 그가 내 시나리오의 주인공이 될 거라는 생각은 전혀 하지 못했다. 생각해보면 테오와 나의 인연은 처음부터 아주 고약했다.

##

테오는 사이코패스 연쇄살인범 강치수의 아들이었다. 그래서 테오 역시 강치수 못지않은 인물이라는 것을 확신할 수 있었다. 하지만 그를 명단에 올리고 제거 대상으로 못 박기는 그리 쉽지 않았다. 테오는 내가 유일하게 사랑했던 연수의 아들이기 때문이다.

"미안해. 그러니까 이제 우리 그만하자!"

"연수야! 도대체 그게 무슨 소리야? 제발 알아듣게 설명을 해보라고."

"나한테 결혼할 사람이 생겼다니까! 그러니까 헤어지자고!"

연수와 나는 성당 소꿉친구였다. 물론, 나는 연수를 친구 이상으로 좋아했지만 뜨거운 마음을 고백할 용기가 없었다. 그래서 연인 같은 친구로 연수의 옆자리를 묵묵히 지켰다. 고등학교를 졸업할 무렵이 되자 연수는 어려운 가정 형편 때문에 대학에 진학하지 못하고 취업을 했다. 안타까웠다. 사실, 연수는 의대에 합격한 나보다 훨씬 더 똑똑한 아이였다. 그래서 나는 다짐했다. 연수와 결혼을 하게 되면, 연수가 학업을 계속할 수 있도록 해주겠다고.

직장인과 대학생이라는 환경의 차이가 있었지만, 연수와 나는 고등학교를 졸업하고 아주 자연스럽게 연인이 되었다. 물론, 가정 형편이 많이 달라 집안의 반대가 있기는 했다. 본과에 들어가면서 너무 바빠져 연수와 잠시 만나지 못한 시간들도 있었다. 하지만 우리 두 사람의 관계는 절대 변하지 않을 거라는 확신이 있었다. 아주 긴

시간 동안 서로에 대한 믿음을 키웠기 때문이다. 하지만 세상에 절대적인 것은 결코 없었다. 연수와 나처럼.

졸업 시험을 치르느라 한 달 이상 연수를 만나지 못했지만, 나는 전혀 불안하지 않았다. 연수는 항상 나를 기다려줄 거라 생각했다. 졸업 시험을 무사히 마치고 나서야 나는 연수를 찾아갔다. 그런데 오랜만에 만난 연수가 완전히 달라져 있었다. 아니, 자꾸만 나를 피하려고 했다. 나는 연수가 화를 내는 거라고 생각했다. 그래서 연수의 화를 풀어주기 위해 청혼 이벤트를 준비했다. 하지만 연수는 내 청혼을 단칼에 거절했다. 도대체 왜 그러냐고 이유를 묻자 연수가 말했다. 좋아하는 사람이 생겼다고. 결혼할 거라고. 연수는 여러 번 말했지만, 나는 연수의 말을 알아듣지 못했다. 아니, 믿을 수가 없었다.

그렇게 연수는 내 곁을 떠나버렸다. 예상치 못한 연수의 이별 선언에 나는 세상이 무너지고 땅이 꺼지는 기분이 들었다. 며칠을 혼자서 앓았다. 그러다 자포자기 심정으로 집안에서 소개해준 여자와 선까지 보게 되었다. 혹시나 연수가 질투를 하지 않을까 생각했고 그 소식이 친구들을 통해 연수에게 알려지기를 바랐다. 하지만 연수에겐 아무런 소식이 없었다. 불안한 마음에 다시 연수를 찾아갔지만, 그곳에 연수는 없었다. 정말로 내 곁을 떠난 것이다. 혼자 남겨진 나는, 연수에게 복수하겠다는 심정으로 소개로 만난 여자와 결혼해버렸다. 믿을 수 없는 이별의 시간이 흐르고 또 흘렀다. 처음엔 힘들어서 미칠 것 같았지만, 시간이 흐르면서 그럭저럭 살 만해지기도 했다. 나를 버리고 매정하게 떠난 연수보다, 내가 더 행복해져야 한다고 믿었다. 하지만 마음 한구석엔 언제나 커다란 구멍이, 무엇으로도 메울 수 없는 구멍이 뚫려 있었다. 덕분에 내 마음속에는 항상 서늘한 바람이 불어왔다.

그러던 어느 날, 예전에 알고 지내던 지인을 통해 기가 막힌 소식을 들었다. 연수가 내 청혼을 거절하고 떠난 이유가 성폭행을 당했기 때문이라는 것이다. 뿐만 아니었다. 연수는 원치 않는 임신을 했고 어쩔 수 없이 성폭행 가해자와 결혼까지 하게 되었다는 것이다. 피가 거꾸로 솟는 기분이 들었다. 그 소문이 사실인지 확인하지 않으면 미칠 것 같았다. 결국, 나는 꽁꽁 숨어버렸던 연수를 기어코 찾아냈다. 하지만 찾아낸 연수는 이미 내가 알던 연수가 아니었다.

연수는 말갛게 웃기만 해도 얼굴에서 빛이 나는 여자였다. 하지만 그날 만난 연수의 얼굴에선 어떤 빛도 찾아볼 수 없었다. 대신 검고 푸른 멍 자국이 얼굴 여기저기에 보였다. 부러질 것 같은 연수의 가녀린 팔을 잡고 있는 한 아이가 눈에 띄었다. 연수는 아이를 테오라고 불렀다.

'저 아이만 아니었다면!'

연수는 결코 나를 떠나지 않았을 것이다. 아니, 적어도 그런 남자와 결혼까지는 하지 않았을 것이다. 하지만 나는 저만치 걸어가는 연수의 이름을 차마 부르지 못했다. 미칠 것 같은 나의 분노가 연수의 남편에게 향하고 있었기 때문이다.

그 길로 나는 연수의 남편을 찾아갔다. 역시나 한눈에 보아도 쓰레기 같은 놈이었다. 나는 분노를 주체하지 못하고 그놈에게 달려들었다.

"쓰레기 같은 자식! 도대체 연수한테 무슨 짓을 한 거야?"

하지만 연수의 남편은 상식선에서 이해할 수 있는 흔한 쓰레기가 아니었다. 그는 내 절규를 싸늘하게 비웃으며 내가 생전 보지 못했던 짐승의 이빨을 아무렇지도 않게 드러냈다.

정신을 차리고 나니 나는 피범벅이 된 채, 어딘지도 모르는 지하실 바닥에 꿇어 앉아 있었다. 이게 도대체 어떻게 된 일이지? 영문을 몰라 어리둥절하고 있는 사이, 눈앞에 누군가의 구두가 보였다. 천천히 고개를 들었다. 그리고 구두의 주인을 확인했다. 연수의 남편이었다. 그는 무시무시한 이빨을 드러내 보이며 웃고 있었다. 이상하게 내 눈이 자꾸만 감겼다. 정수리에서부터 무언가 뜨거운 것이 계속 흘러내렸기 때문이다. 그렇게 흘러내린 액체는 눈꼬리를 지나 귓바퀴를 한 바퀴 돌더니 턱밑으로 뚝뚝 떨어졌다. 귓바퀴에 고였던 기분 나쁜 액체가 거의 다 떨어지고 나서야 나는 상대의 목소리를 들을 수 있었다. 아주 고약하고 무시무시한 짐승의 목소리를.

"그래서 너는 내 마누라를 대신해서 죽을 수도 있다는 거야?"

"아, 아닙니다. 절대 그렇지 않습니다. 제가 잘못했습니다. 그러니 제발 살려주세요!"

그랬다. 나는 그날 연수의 남편, 아니 강치수 앞에서 무릎을 꿇고 비참하게 목숨을 구걸했다. 사냥꾼이 두렵지 않은 맹수의 이빨 앞에서 살려달라고 빌지 않을 사람이 몇이나 있겠는가? 이성을 상실한 나는 본능에 따라 짐승 앞에서 빌고 또 빌었다. 그러자 강치수는 나를 한껏 비웃으며 얼굴에 침을 뱉었다.

"꼴 같지도 않은 게 까불고 있어. 뒈지기 싫으면 당장 내 앞에서 꺼져!"

차라리 그때, 강치수가 나를 죽여버렸으면 얼마나 좋았을까? 안타깝게도 그날 강치수는 나를 죽이지 않았고, 한껏 조롱만 하다가 놓아주었다. 나는 다 깨져버린 무릎을 움켜쥐고 지하실 계단을 벌레처럼 기어 올라갔다. 제대로 펴지지 않는 허리를 부여잡고 도망치고 또 도망쳤다. 그의 비열한 웃음소리가 들리지 않을 때까지. 하지만 지금까지도 그날의 치욕은 내 온몸에 문신처럼 새겨져 지워지지 않았다. 숨을 쉬고, 밥을 먹고, 잠을 잘 때마다 그날의 치욕이 떠올라 아무것도 할 수 없었다. 결국, 나는 다짐할 수밖에 없었다. 문신처럼 새겨진 이 치욕을 짐승 같은 놈에게 꼭 되갚아주겠다고.

그날 이후 나는 변했다. 아니, 내가 변했는지 원래 그런 사람이었는지 모르겠다. 어쨌든 이제 강치수와 같은 반사회적 인격장애자들은 환자가 아니라 복수의 대상이 되어버렸다. 그들이 사라져야 내 치욕도, 분노도 사라질 것 같았기 때문이다. 하지만 복수의 길은 좀처럼 끝이 보이지 않았다. 20년이 훌쩍 지났음에도 그들은 여전히 세상을 활보하고 있을뿐더러 치욕은 지금도 나를 갉아먹고 있기 때문이다. 도대체 이 지옥의 끝은 어디일까? 나는 끝을 볼 수 있을까?

#32

남 형사의 시점

"마 교수는 정말 미꾸라지처럼 제 질문을 잘 빠져나가더라고요. 제가 찾아간 이유도 알고 있는 것 같았어요. 그래서 포기하고 돌아서려는데, 때마침 구세주가 나타났죠."

"혹시, 김 간호사님?"

"하하, 맞아요. 김 간호사님 덕분에 아주 귀중한 정보를 얻을 수 있었어요."

"김 간호사님이랑 제 팬클럽 만드셨다는 얘긴 들었어요."

"아이 참, 김 간호사님이랑 친해지려고 어쩔 수 없이 가입한 거거든요?"

"어쨌든, 이야기 계속해보세요."

"김 간호사는 마 교수님이 이중인격자라고 했어요. 뭐 누구 밑에서 일하는 사람들은 대부분 상사를 그렇게 생각하는 경향이 없지 않아 있지만, 마 교수는 좀 지나쳤던 것 같아요. 공식적인 자리에선 누구보다 환자를 사랑하는 훌륭한 의사처럼 굴었지만, 간호사들이나 환자 가족들에게는 꽤나 괴팍하게 굴었나 봐요. 덕분에 김 간호사의 적극적인 뒷담화를 들을 수 있었지만."

"혹시 진료 기록도 볼 수 있었나요?"

"영장이 없으니 그것까진 아무래도 힘들죠. 김 간호사님이 그런 말은 했어요. 심각한 인격장애 환자들이 갑작스러운 사고로 죽거나 자살하는 경우가 심심치 않게 있었다고. 뭐, 아무래도 정신적으로 문제가 있는 사람들이긴 한데 마 교수 환자들은 유독 심했다는 거죠. 여러 이유로 사망한 환자들의 경우 유난히 마 교수에 대한 의존도가 높았다고도 해요. 레아도 마찬가지였고요. 초창기에 레아는 병원에 매일 출근하다시피 했고, 아무 때나 마 교수에게 전화를 걸었대요. 근데 환자들이 죽었다는 소식을 접했을 때 마 교수의 반응이 너무 이상했대요. 안타까워하기는커녕 별로 놀라지도 않았다는 거죠. 마치 이미 다 알고 있는 사람처럼. 그러니까 마 교수라는 정신과 의사는 히포크라테스 선서를 가슴에 담아두고 사는 사람은 아니라는 거예요."

"문제는 여전히 확실한 증거가 없다는 거네요."

"그렇죠. 그게 문제죠."

"그래도 수확은 있었네요."

"무슨 수확이요?"

"이제 남 형사님도 제 말을 믿기 시작했다는 거?"

"아직 완전히 믿는 것은 아니에요. 일단 진실을 알기 위해서는 공정해야 하니까. 여러 사람 입장에서 살펴본 것뿐이에요."

"네, 그렇더라도 저는 만족합니다."

"근데 마 교수가 정말 레아를 죽음으로 내몰았다면, 도대체 어떻게 한 걸까요?"

"그런데 방법을 알아내도 증명할 수 없으니 의미가 없어요. 지금으로선 자백을 받아내는 방법밖에 없죠."

"설마, 마 교수 같은 분이 자백을 하겠어요?"

"물론, 하지 않겠죠."

"괜히 마음만 더 불안해지네요. 또 다른 희생자가 생길 것 같아서. 그렇다고 사건이 또 일어날 때까지 기다릴 수도 없고, 참 답답하네요."

"답답해하실 필요 없어요. 조만간 마 교수가 다시 숨겨진 이빨을 드러낼 테니까요."

"왜요? 무슨 일이 있었어요?"

"남 형사님이 병원에 다녀갔으니, 이제 마 교수도 가만있지는 않겠죠."

"아, 그렇겠네요. 내가 괜한 짓을 한 건가?"

"아니요. 남 형사님이 아니더라도 마 교수는 이미 새로운 목표물을 노리고 있을 거예요. 물론, 그 목표물은 저일 가능성이 아주 높고요. 여러모로 좋은 먹잇감이니까요."

나도 모르게 입이 벌어졌다. 내가 생각하기에도 디모테오 신부는 문제 삼을 것이 아주 많은 사람이었기 때문이다. 그때, 디모테오 신부와 눈이 마주쳤다. 이상하게 배 속이 간질거렸다. 당황스러운 마음에 황급히 화제를 돌렸다.

"그나저나 방송이 언제라고 했죠?"

"다음 주쯤 시작한다고 들었어요. 왜요? 보시려고요?"

"봐야죠. 다 아는 분들이 나오는데."

"전 그 방송, 사람들이 안 봤으면 좋겠어요."

"왜요?"

"글쎄요. 왜 그럴까요?"

"설마 팬클럽 회원 늘어날까 봐 걱정된다, 뭐 그런 말은 아니죠?"

"아, 그런 점도 있네요."

"맙소사!"

"농담이에요."

"근데 그건 뭐예요?"

"아, 맞다. 이거 남 형사님 주려고 가져온 건데."

"설마, 선물?"

"네, 맞아요. 선물! 원래 대모나 대부들이 주는데, 왠지 남 형사님은 제가 챙겨야 할 것 같아서요. 한번 보세요."

기쁜 마음에 나는 바로 선물 상자를 열어봤다. 상자 안에는 예쁜 미사포와 묵주가 조신하게 들어 있었다. 그에게 이런 자상함이 있다는 게 새삼 놀라웠다. 고마웠다. 하지만 이런 마음을 디모테오 신부에게 솔직하게 털어놓으면 안 될 것 같았다.

"에이, 난 또 뭐라고."

"왜요? 맘에 안 들어요?"

"난 원래 빤짝거리는 것들 아니면 선물 취급 안 하거든요. 하하!"

"아, 보석 좋아하시는구나?"

"하하, 꼭 그렇진 않고요. 어쨌든 고마워요!"

"이제 선물도 받으셨으니 예비자 교리 수업 빼먹지 말고 나오세요. 세례 받게 되면 성물에 직접 축복기도 해드릴게요. 제가."

피식 웃음이 나왔다. 아무리 잘난 척을 해도 디모테오 신부가 믿지 않은 이유를 이제야 알 것 같았기 때문이다. 그렇게 웃으면서 문득, 나 자신이 이미 형평성을 많이 잃었다는 것을 깨달았다. 아니, 어쩌면 나는 디모테오에게 기울어진 마음의 저울을 제자리로 돌리고 싶은 마음조차 잃어버렸는지도 모르겠다.

#33
베드로의 시점

새벽 산책을 마치고 성당으로 돌아오는 길이었다. 새벽 산책은 매일 밤 소주에 야식을 먹느라 살이 많이 오른 나를 위해 테오가 내린 긴급 조치였다. 처음 며칠은 죽을 정도로 힘들었지만, 일주일 정도 지나고 나니 몸이 절로 가벼워졌다. 무엇보다 상쾌한 새벽 공기를 마실 수 있다는 것이 좋았다. 성당이 보이는 큰길에 다다랐을 무렵, 도로 옆 승용차에서 누군가 내리는 것이 보였다. 놀랍게도 마 교수였다. 깜짝 놀라 걸음을 멈췄다. 덕분에 마 교수 역시 나를 단번에 알아봤다.

"안녕하셨어요, 베드로 신부님! 스테파노입니다."

"아, 네. 안녕하셨어요? 그런데 이른 아침에 무슨 일로 여기까지……."

"베드로 신부님께 긴히 드릴 말씀이 있어서요. 그런데 제가 너무 일찍 찾아왔죠?"

당황스러웠다. 그렇다고 마 교수를 데리고 성당으로 들어갈 수는 없었다. 내가 마 교수와 만나는 모습을 테오에게 보여주고 싶지 않았기 때문이다. 그런 내 마음을 알았는지 마 교수는 손짓으로 큰길가에 있는 24시간 햄버거 가게를 손으로 가리켰다.

##

이른 아침이라 햄버거 가게에는 우리 두 사람밖에 없었다. 너무 어색해서 나는 오른쪽 다리를 위아래로 계속 흔들었다. 테오처럼 늘 당당하고 덤덤해 보이고 싶었지만, 그런 쪽으론 소질이 없었다.

"혹시, 어디 아프신 건 아니지요?"

"아, 아닙니다. 지금 운동을 하고 와서 땀이……."

"신부님께 폐를 끼치지 않으려고 일부러 일찌감치 찾아왔는데, 당황하셨다면 죄송합니다."

"아닙니다. 괜찮습니다. 그런데 하실 말씀이?"

"베드로 신부님! 혹시, 예전에 저와 했던 약속을 기억하시나요?"

마구 떨던 다리를 나도 모르게 딱 멈췄다. 마 교수는 애써 웃고 있었지만, 나를 배려한 웃음은 아니었다. 그제야 나는 마 교수가 아침 일찍 찾아온 이유를 알았다. 지금 마 교수는 지난 일을 빌미로 내가 도저히 거절하지 못할 부탁을 하러 온 것이다. 이상했다. 그는 목표 의식이 뚜렷하고 능력을 중요시하는 엘리트였지만, 남을 배려할 줄

아는 신사적인 사람이었다. 그런데 지금은 마치 빚을 받으러 온 조폭 두목 같은 느낌이 들었다.

"저런, 기억을 못 하시나 보군요."

"무, 무슨 말씀이신지……."

"베드로 신부님! 왜 그렇게 긴장을 하세요? 누가 보면 제가 무슨 협박이라도 하러 온 줄 알겠습니다. 혹시, 저와 함께 했던 일들이 부끄러우세요?"

"그, 그렇지 않습니다."

"그러실 필요 없습니다. 제가 베드로 신부님과 함께 추진했던 일은 비도덕적인 일이 아니었고, 개인의 복수를 위한 일도 아니었습니다. 선량한 시민들이 불안에 떨지 않도록 극악무도한 강력범죄자들을 사형으로 벌하자는 게 왜 비난받을 짓입니까? 물론, 가톨릭 교구의 기본 입장과는 많이 다르겠지만, 개인의 신념은 교구의 입장과 다를 수도 있는 것 아닙니까?"

"마, 마 교수님!"

"그러니까 이렇게 예민하게 구실 필요 없다는 얘깁니다. 아, 이참에 지난번 강치수 사형 집행에 참관하신 얘기 좀 해주실 수 있나요? 누구보다 제가 참관하고 싶었지만 베드로 신부님을 대신 보내드리느라고 얼마나 애를 썼는지 모릅니다. 평생 원수였던 살인마 강치수가 눈앞에서 죽어가는 광경을 직접 보신 소감이 어땠나요? 통쾌했습니까? 이제야 좀 살 것 같습니까?"

"제가 그동안 마 교수님을 잘못 알고 있었네요. 그럼, 전 이만 일어서겠습니다!"

그렇게 말하며 나는 자리에서 벌떡 일어났다. 하지만 마 교수는 눈 하나 깜짝하지 않았다. 내가 기어코 밖으로 나가려고 하자, 마 교수가 비릿하게 웃으며 말했다.

"제 제안을 들어는 보시고 나가셔도 늦지 않을 것 같습니다만."

결국, 다시 자리에 주저앉았다. 이대로 밖으로 나가 버린다면, 이상하게 변해버린 마 교수가 앞으로 무슨 일을 벌일지 알 수 없었다. 사실, 처음에 가장 두려웠던 것은 마 교수와 내가 진행했던 사형 집행 재개 프로젝트를 테오가 알게 되는 상황이었다. 강치수는 내게 철천지원수였지만, 테오에겐 아버지였고 단 하나의 혈육이었다. 복수심 때문에 저지른 나의 못난 행동들을, 굳이 테오에게 알리고 싶지 않았다. 더군다나 복수를 위해, 나는 강치수의 최후를 지켜본 사람이었다. 그 사실을 테오는 과연 어떻게 받아들일까?

"대단치 않은 부탁을 하나 드리고 싶습니다."

"좋습니다. 일단, 말씀해보시죠."

"다음 주에 제가 주최하는 세미나가 있습니다. 베드로 신부님이 참석을 해주셨으면 좋겠습니다."

"세미나 주제가 뭐죠?"

"'반사회적 인격장애 환자의 사회적 격리, 왜 필요한가?'입니다."

"지금 저한테 공개적으로 그런 주장을 해달라고 부탁하시는 겁니까?"

"무슨 그런 말씀을. 명색이 신부님이신데 저도 그럴 수는 없죠."

"그럼, 제가 왜 세미나에 참석해야 합니까?"

"희생자들의 생생한 증언이 필요하기 때문입니다."

"제가 이 일을 시작하면서 마 교수님에게 처음이자 마지막으로 부탁드렸습니다. 제가 이 일에 관여했다는 것을 제발 비밀로 해달라고."

"물론, 기억합니다. 하지만 강치수 사형 집행을 참관하는 대가로 제 부탁도 꼭 한 번은 들어주겠노라 약속하셨던 분도 베드로 신부님입니다."

마 교수는 절대 물러서지 않을 것이다. 도대체 무엇 때문에 이렇게까지 하는 거지? 혹시, 테오를 상담하면서 무슨 일이 있었던 걸까? 머리가 하얘지면서 식은땀이 계속 흘러내렸다. 지금 테오라면 어떻게 대처할까?

"만약 제가 마 교수님의 제안을 거절하면 어떻게 하실 거죠?"

"그러실 필요가 있겠습니까? 베드로 신부님이 지키고 싶은 것이 무엇인지 제가 분명히 알고 있는데."

"지금, 저를 협박하시는 겁니까?"

"아직까진 부탁에 가깝지 않을까요? 어렵게 생각하실 것 없습니다. 그저 세미나에 오셔서 그날 있었던 일을 얘기해주시면 됩니다. 이게 그렇게 어려운 부탁인가요?"

"도대체 저한테 왜 이러시는 겁니까?"

"저야말로 답답합니다. 도대체 베드로 신부님은 왜 그렇게 디모테오 신부에게 쩔쩔 매는 겁니까?"

"그건 또 무슨 말씀이시죠?"

"지금 베드로 신부님은 이 사실을 디모테오 신부가 알게 될까 봐 전전긍긍하고 계시잖아요."

말문이 막히면서 심장이 빠르게 뛰었다. 마 교수에게 이런 면이 있으리라고는 전혀 상상하지 못했기 때문이다. 분명, 내가 모르는 일이 테오와 마 교수 사이에 있는 것이다. 그렇지 않고서야, 테오에 대한 적대감을 이렇게 노골적으로 드러낼 이유가 없었다.

"지금 와서 이런 말씀을 드리긴 조금 그렇지만, 디모테오 신부는 누님을 죽인 강치수의 아들 아닙니까?"

"절 구하기 위해 살인마에게 무릎까지 꿇었던 친구이기도 하죠."

"베드로 신부님! 설마, 진짜로 그렇게 믿고 계신 건가요? 만약 그렇다고 해도 미치광이 살인마가 왜 디모테오 신부는 살려두었을까요? 무릎 꿇은 아들에게 감동받아서? 베드로 신부님은 정말 안쓰러울 정도로 순진하시군요."

"마 교수님!"

"강치수는 한눈에 알아봤던 겁니다. 디모테오 신부가 자신을 쏙 빼닮은 괴물이란 것을. 그래서 디모테오 신부를 죽이지 못했던 거예요. 결과적으로 강치수는 돌이킬 수 없는 실수를 저지른 거죠. 디모테오 신부는 자신과 똑같은 괴물이 아니라, 더 악랄한 괴물이었으니까요. 잘 생각해보세요. 엄밀히 따지고 보면, 자신을 잘 포장할 줄 아는 악랄한 괴물, 열두 살의 디모테오가 강치수를 잡아 죽인 거죠. 아닌가요?"

마 교수는 테오가 테오의 아버지보다 더 지독한 괴물이라 생각하고 있는 것이다. 아니, 그렇게 확신하고 있었다. 마 교수에게 상담을 받아보라고 테오에게 등을 떠밀었던 나 자신이 원망스러웠다. 마 교수는 자신이 확신한 일을 실행할 때는 물불 안 가리는 사람이었기 때문이다. 이렇게 된 이상, 나는 마 교수의 제안을 받아들일 수밖에 없었다. 그래야 마 교수의 저의를 미리 파악하고 최악의 상황을 피할 수 있을 것이다. 물론, 모든 사실을 알게 된다 하더라도 테오가 나를 원망하지 않을 거라는 믿음도 한몫했다. 어쩌면 테오에게 이런 비밀을 더 이상 감추고 싶지 않았는지도 모르겠다.

#34
요셉의 시점

"디모테오 신부님!"

반가운 마음에 나도 모르게 소리를 질렀다. 병원으로 들어선 신부님은 한없이 밝은 얼굴로 나를 반겼다. 그리고 언제나 그렇듯이 내 머리를 쓰다듬어주셨다.

안나 수녀님이 신부님을 반갑게 맞았다.

"요셉은 많이 좋아졌으니, 너무 걱정 안 해도 될 거다."

"죄송해요. 수녀님한테만 요셉을 맡겨두고, 제가 너무 늦게 나타났죠?"

"아니야. 오히려 요셉이 네 걱정을 더 많이 했단다."

"그랬어요? 두 사람한테 다 미안하네요."

"무슨 소리! 여기 올 정신이 없었잖아. 유스티노 신부님이 지금 성당 상황을 말씀해주셨어. 요셉 아버지가 체포된 후에도 지인들을 보내 성당에서 난동을 부렸다고."

안나 수녀님은 디모테오 신부님을 걱정하고 있었지만, 디모테오 신부님은 아빠 얘기가 나오자 연신 내 얼굴을 살피며 걱정했다. 내가 아빠 이야기만 나와도 긴장한다는 사실을 너무도 잘 알고 계신 것이다. 디모테오 신부님은 말 대신 내 어깨와 등을 쓰다듬으며 나를 위로했다. 내가 며칠 전 모든 것을 걸고 디모테오 신부님을 찾아 갔던 그날처럼.

##

평소 놀라는 법이 거의 없었던 디모테오 신부님도 그날, 내 꼴을 보자 놀라셨다. 그렇게 놀라는 디모테오 신부님의 얼굴을 보니 나도 모르게 눈물이 왈칵 쏟아졌다. 무어라 말을 할 수도 없었다. 그저 서럽게 울었다. 디모테오 신부님은 그런 내 맘을 알았는지 말 없이 나를 꼭 안아주셨다. 내 울음이 어느 정도 가라앉자 신부님은 바로 나를 병원으로 데려가주셨다. 내가 왜 이렇게 맞았는지, 뭐 때문에 디모테오 신부님을 찾아왔는지 말하지 않았지만, 디모테오 신부님은 이미 다 알고 계신 것 같았다. 병원 응급실에 도착해 진찰을 받으며 나는 여러 장의 사진을 찍었다. 진단용 사진도 있었지만, 경찰에 증거 자료로 제출할 사진이 더 많은 것 같았다. 사진을 다 찍고 나자 경찰들은 나를 둘러싸고 누가, 왜, 이렇게까지 무지막지하게 때렸는지 물어보기 시작했다. 무서워서 대답이 잘 나오지 않았지만, 디모테오 신부님이 옆에 계시니 신기하게도 용기가 생겼다.

아빠는 남들이 보기에 대체로 좋은 사람이었다. 아니, 좋은 사람이 되고 싶어 하는 사람이었다. 하지만 절대 좋은 아빠는 아니었다. 적어도 아들인 나한테는. 그날도 아빠는 좋은 사람이 되기 위해 기도를 드리고 있었다. 하지만 나는 입 밖으로 내뱉는 아빠의 기도 소리가 너무 싫었다. 악마 같은 내가 사람이 되게 해달라는 내용이 포함되어 있었기 때문이다. 그날도 그랬다. 아빠는 목이 터져라 악마를 닮은 아들을 용서해달라고 기도했다. 울컥하는 마음에 나는 평소보다 아주 조금 세게 방문을 닫았다. 하지만 그 소심한 반항도 아빠한텐 용서받을 수 없는 일이었다. 기도를 드리다 말고 아빠는 곧장 내 방으로 달려왔다. 그러고는 다짜고짜 나를 때리기 시작했다. 이미 눈이 돌아간 아빠의 섬뜩한 얼굴은 무서웠다. 그래서 무조건 잘못했다고 빌었다. 하지만 아빠는 매질을 멈추지 않았다. 순간, 끔찍한 생각이 들었다. 이 말도 안 되는 매질을 평생 당하며 살아야 하는 걸까? 생각할수록 억울하고 화가 났다. 이렇게 사느니 차라리 아빠가 그렇게 싫어하는 지옥에 가는 편이 나을 것 같았다. 용기를 내어 매질을 당하느라 굽혔던 허리를 곧추세우고 큰 소리로 외쳤다.

"제발! 그만 좀 하세요!"

아빠는 잠시 매질을 멈췄다. 하지만 나의 외침에 아빠는 더 분개할 뿐이었다. 급기야 노기 어린 눈동자를 이리저리 굴리더니 나를 완전히 굴복시킬 도구를 찾기 시작했다. 나를 죽일지도 모른다는 생각이 들어 아빠를 밀치고 도망치려 했다. 하지만 나는 아직 아빠를 힘으로 당해낼 수 없는 열두 살 꼬마였다. 결국 도망치려다 아빠에게 뒷덜미를 잡혔다. 뒷덜미를 잡아챈 아빠는 나를 하늘 높이 들어 올리더니 벽에 던져버렸다. 눈앞에서 번개가 쳤다. 그리고 나는 정신을 잃었다.

정신이 겨우 들었다. 눈을 떠보려고 애를 썼지만, 한쪽 눈이 잘 떠지지 않았다. 더듬어보니 한쪽 눈이 심하게 부어 있었다. 어떻게든 움직여보려고 다리를 움직이다가 나도 모르게 비명을 질렀다. 한쪽 다리에서 숨이 멎을 것 같은 통증이 느껴졌기 때문이다. 이러다간 정말 죽을 수도 있겠다는 생각이 들었다. 어떻게든 여기를 빠져나가야 한다는 생각에 움직여지지 않는 다리를 끌고 겨우 방문 앞까지 기어갔다. 인기척이 전혀 느껴지지 않았다. 아빠가 출근을 하신 모양이었다. 나는 가방에 꼭 필요한 몇 가지 물건과 비상금을 챙겼다. 그리고 남은 힘을 끌어모아 절룩거리며 겨우겨우 큰길로 나갔다. 살려달라고 외치는 사람처럼 손을 이리저리 흔들자 지나가던 택시가 한 대 멈췄다. 기사 아저씨는 내 상태를 확인하고는 깜짝 놀라 병원으로 가자고 말했다. 하지만 나는 그보다 먼저 갈 곳이 있었다.

"심해성당으로 가주세요. 그리고 디모테오 신부님을 찾아주세요."

"신부님, 정말 고맙습니다."

"새삼스럽게 무슨, 당연한 일인데. 아무 생각 말고 이참에 푹 쉬렴.

당분간 아버지는 네 곁에 얼씬도 못 하게 할 테니까."

"근데요, 신부님! 그날, 왜 저한테 아무것도 묻지 않으셨어요?"

"다 아니까. 네가 얼마나 무섭고 외로웠을지."

그제야 나는 디모테오 신부님의 어린 시절 이야기가 떠올랐다. 신부님은 어린 시절 나보다 훨씬 더 끔찍하고 외로웠을 것이다. 그런 생각이 들자 이상하게 마음이 놓였다. 미안한 얘기지만 신부님의 끔찍했던 과거를 떠올리면 이상하리만치 위로가 되었다.

"요셉! 앞으로 마음 단단히 먹어야 해. 힘든 일이 더 많을 테니까."

"네, 신부님들이랑 안나 수녀님이 계시니까 괜찮아요."

"근데 요셉이 자꾸만 퇴원을 하겠다고 해서 걱정이야. 테오 네가 요셉한테 말 좀 잘 해주렴."

"혹시 아버지가 찾아올까 봐 그래? 그건 걱정 안 해도 돼. 네가 어디 있는지 아버지는 모르실 테니까. 유스티노 신부님이 오늘 아동학대 관련해서 전문가도 만나보신다고 했어. 그러니 너는 걱정하지 말고 그냥 푹 쉬어."

"신부님들이랑 수녀님이 저 때문에 너무 고생하시는 것 같아서요. 병원이 좀 답답하기도 하고. 헤헤."

"웃는 걸 보니, 이제 좀 살 만해진 모양이네."

디모테오 신부님이 그렇게 말하면서 내 머리카락을 흐트러뜨렸다. 덕분에 나는 피식 웃음이 났지만, 디모테오 신부님은 웃지 않았다. 오히려 더 걱정하는 얼굴이었다.

"불편하더라도 조금만 참아. 알았지?"

"네, 그럴게요."

"참, 수녀님! 우리 요셉, 정신과 치료도 받을 수 있게 해주세요. 요셉은 지금 몸과 마음이 다 아프니까요."

"안 그래도 정신과 진료를 알아보고 있었는데, 요셉이 그동안 마교수님한테 상담을 받았다고 하는구나. 그래서 마 교수님한테 연락을 드렸더니 오늘 진료 끝나는 대로 직접 병실로 찾아와주신다고 했어. 어찌나 고마운지."

안나 수녀님의 말에 디모테오 신부님의 얼굴이 빳빳하게 굳어졌다. 신부님의 표정을 보고 안나 수녀님도 나도 굳어져버렸다. 디모테오 신부님은 약간 떨리는 목소리로 말했다.

"수녀님! 부탁드릴게요. 앞으로 무슨 일이 있어도 요셉이 마 교수님과 만나지 못하게 해주세요. 네?"

"그게 무슨 소리야? 마 교수님과 무슨 일 있어?"

"자세한 사정은 지금 말씀드릴 수가 없어요. 그러니 요셉의 트라우마 치료는 이 병원 정신과 의사에게 맡겨주세요. 아니, 지금 당장 마 교수한테 전화하셔서 요셉이 퇴원했으니 올 필요 없다고, 나중에 다시 연락을 주겠다고, 그렇게 말씀해주세요. 네?"

마 교수님을 만나지 말라는 디모테오 신부님의 당부보다 당황하는 신부님의 얼굴을 보고 나는 더 놀랐다. 신부님도 그런 상황을 알아챘는지 애써 웃으려고 했지만, 끝내 마음 놓고 웃지 못했다. 도대체 무슨 일일까? 궁금했지만, 차마 물어볼 수가 없었다. 디모테오 신부님의 얼굴에서 처음으로 두려움이 엿보였기 때문이다.

#35
베드로의 시점

"베드로, 혹시 나한테 무슨 할 말 있니?"

"내, 내가? 그렇게 보여?"

"응. 그래 보여."

테오에게 마 교수와 나 사이에 있었던 일을 털어놓기 힘들어 이틀을 혼자 끙끙 앓았다. 보다 못한 테오가 먼저 물어본 것이다. 자신의 아버지를 사형시키기 위해 백방으로 노력했던 친구를 테오는 어떻게 생각할까? 그동안 나는 테오 곁에서 모든 것을 용서한 사람처럼, 마냥 성격 좋은 사람처럼 속내를 숨기며 살아왔다. 하지만 나는 사제가 되는 순간에도 강치수를 용서하지 않았다. 아니, 용서할 수가 없었다. 이런 내 마음을 테오는 상상이나 했을까? 부끄러웠다. 말과 행동이 달랐던 나 자신의 이중적인 모습이.

"네가 말하기 힘들면, 내가 먼저 물어봐도 돼?"

"어, 그, 그래."

"넌 어떻게 마 교수와 다시 만나게 됐어? 상담을 받은 거 같지는 않은데 말이야."

테오도 어느 정도 눈치를 채고 있었던 것이다. 덕분에 나는 마음이 가벼워졌다. 이참에 테오에게 모두 털어놓을 수 있을 것 같았기 때문이다. 그래, 지금 털어놓자. 홀로 무대에 오른 비장한 배우처럼, 나는 길고 소심한 독백을 하기 시작했다.

그날 이후, 나는 하루도 악몽을 꾸지 않은 날이 없었다. 테오 덕분에 강치수가 경찰에 잡히긴 했지만, 형을 다 살고 풀려나면 언제라도 나를 제일 먼저 죽일 것만 같았다. 나 대신 죽어간 누나를 끝까지 지키지 못했다는 자책감도 나를 계속 괴롭혔다. 물론, 테오도 마찬가지였을 것이다. 하지만 나는 테오와 입장이 조금 달랐다. 원수 같았던 살인마가 내 아버지는 아니었다. 덕분에 나는 증오를 가슴에 담아둘 필요가 없었다. 또, 살인마를 용서할 이유도 전혀 없었다. 하지만 이런 마음을 테오에게 들키고 싶지는 않았다. 테오에게 또 다른 상처를 안길 것 같았기 때문이다. 그럼에도 불구하고 묻어둔 내 본심은 서서히 부풀어 오르기 시작했다. 부패하기 시작한 우유가 든 팩처럼.

그렇게 마음이 썩어가던 어느 날, 죄질이 나쁜 강력범죄자들에 대한 사형 집행을 재개해야 한다고 주장하는 단체가 생겼다는 이야기를 들었다. 나는 기다렸다는 듯이 단체에 가입했고, 비밀리에 활동을 시작했다. 그렇게라도 해야 터질 것처럼 부풀어 오른 복수심을 잠재울 수 있을 것 같았다. 단체 활동을 하면서 나는 수많은 사람을 만났고 그중 한 사람이 바로 마 교수였다. 어린 시절 내 트라우마 치료를 해주었던 정신과 의사, 마 교수를 나는 바로 알아볼 수 있었다. 마 교수도 마찬가지였다. 물론, 어색한 재회였다. 하지만 단체 활동에 마 교수는 전혀 어색해하지 않았다. 그는 정신과 의사로도 유능했지만, 다양한 분야 사람들과 어울려 입지를 다져가는 능력도 대단한 사람이었다. 그렇다 보니 회원들에 대한 영향력이 대단했다. 마 교수가 이 단체를 만들었다는 소문이 있을 정도였다. 덕분에 단체의 영향력은 날이 갈수록 커졌고, 활동 영역도 넓어졌다. 급기야 마 교수는 대통령 선거 운동에 함께한다는 조건으로 사형 집행 재개를 차기 대권주자 공약집에 넣는 데 성공했다.

얼마 지나지 않아 해당 공약을 내세웠던 대권주자가 거짓말처럼 대통령에 당선되었다. 신임 대통령은 자신이 내건 공약 중 국민들에게 가장 효과적으로 어필할 수 있는 공약을 찾았다. 영리한 보좌진들은 대통령의 의도에 가장 들어맞는 공약이 바로 사형 집행 재개임을 단번에 알아챘다. 최근 급격히 증가한 강력범죄에 국민들이 진절머리를 내고 있었기 때문이다. 결국, 강력범죄자들에 대한 사형 집행이 20여 년 만에 재개되었고 첫 대상으로 테오의 아버지, 강치수가 명단에 오르게 된다. 이 소식이 언론에 알려지기 직전, 마 교수는 내게 찾아와 그럴싸한 제안을 했다.

"그러니까 제 말은 사형집행관 신분으로 강치수의 사형을 참관할 수 있는 기회를 드리겠다는 겁니다."

"저한테 왜 이렇게까지……."

"베드로 신부님, 저한테는 감추지 않으셔도 됩니다."

"네? 그게 무슨……."

"베드로 신부님의 정신 건강을 위해서도 꼭 필요한 일입니다. 그러니 제 말대로 하시죠. 물론, 비밀은 끝까지 지켜드리겠습니다. 대신, 나중에 제가 필요할 때 큰 도움을 한 번 주시면 됩니다."

당시 나는, 마 교수의 미심쩍은 제안을 거절할 이유가 없었다. 내 끝없는 복수심과 증오를 잠재울 수 있는 마지막 기회일지도 모른다는 생각이 들기도 했다. 그렇게 살인마 강치수는 형장의 이슬로 사라졌고, 나는 그의 죽음을 지켜보며 20년에 걸친 한을 풀었다. 하지만 결코 마음이 편하지 않았다. 오히려 나 자신이 복수심에 눈이 멀어 굴복당한 느낌까지 들었다. 결과적으로 나는 테오의 친구이자 성직자로서 명예롭지 못한 사람이 되고 말았다.

##

내 독백이 끝난 후에도 테오는 아무런 말이 없었다. 이미 다 알고 있었다는 것처럼. 나는 가만히 고개를 숙인 채 테오가 무슨 말을 꺼내길 기다렸다.

"고개 들어, 베드로! 네가 했던 이야기, 어느 정도 짐작했던 일이니까."

"그렇다 하더라도 테오 너한테 미안한 마음이 없어지진 않아."

"나조차도 강치수라는 인간을 용서 못 했는데, 어떻게 너한테 그걸 바라겠니? 그러니 자책할 필요 없어. 난 그보다, 네가 왜 지금 이런 얘기를 하는지가 더 궁금할 뿐이야."

"어, 그건……."

"혹시, 최근에 마 교수를 만났니?"

"정말 미안해. 난 마 교수가 너한테 도움이 될 수 있는 사람이라고 생각해서 소개했는데, 그게 아니었나 봐. 마 교수, 너에 대해서 비상식적인 적대감을 가지고 있는 사람이었어. 난 너무 무서워. 너에게 또 무슨 해코지를 할지 몰라서."

"그게 무슨 말이야. 좀 더 차근차근 설명해봐. 흥분하지 말고."

나는 엊그제 마 교수와 만났던 이야기를 테오에게 차근차근 털어놨다. 테오는 복잡한 지금 상황을 단번에 이해했다. 그리고 잠시 생각에 빠졌다. 그런 테오의 얼굴을 바라보며 나는 다시 불안해졌다. 조만간 무서운 폭풍이 몰아칠 것 같은 느낌이 들었다. 어쩌면 20년 전 그날의 사건보다 더 끔찍한 일이 일어날지도 몰랐다. 하지만 생각에 잠긴 테오의 표정은 시간이 갈수록 평온해졌다. 그런 테오의 비범함이 나는 그저 부러웠다.

"베드로, 마 교수 세미나에 참석해봐도 좋을 것 같아."

"왜? 마 교수가 파놓은 함정일 게 뻔한데?"

"그래도 궁금하잖아. 어떤 함정일지."

"그러다 네가 또 다치면? 싫어. 난 못 해."

"베드로, 내가 그럴 사람으로 보여?"

"그게 아니라, 나 때문에 네가 또다시 사람들에게 손가락질을 받게 될까 봐 겁이 난다고."

"괜찮아! 어차피 우린 마 교수가 시작한 싸움을 피할 수 없게 됐어. 그러니 일단 부딪쳐봐야지. 그리고 뭘 그렇게 걱정해? 우리들 뒤엔 항상 그분이 계시는데!"

테오는 그렇게 말하며 힘차게 성호를 긋고 다시 기도실로 들어갔다. 그리고 다음 날 새벽이 돼서야 기도실을 나왔다. 나는 그제야 조금 마음이 놓였다. 기도실에서 나오는 테오의 얼굴이 한결 편안해 보였기 때문이다.

#36
마 교수의 시점

미사가 시작되기 30분 전, 대개 사제들은 고해소에서 성도들을 기다린다. 자기 죄를 용서받고 싶은 성도들과 고해성사 시간을 함께하기 위해서다. 평일 어느 저녁, 나는 당장이라도 내 죄를 용서받고 싶은 마음에 성당을 찾았다. 성당 안에는 사람들이 그리 많지 않았다. 또한, 미사가 시작되려면 30분이라는 시간이 남아 있었다. 성당에 꽤 오래 다녔지만, 이렇게 고해성사를 해본 것은 손가락으로 꼽을 정도였다. 사제들도 선뜻 하기 힘든 것이 고해성사였다.

"성부와 성자와 성령의 이름으로. 아멘."

고해성사를 하려는 성도가 성호를 그으며 이렇게 말을 하면, 맞은편에 있는 사제는 고해성사를 시작한다는 뜻으로 받아들이고 준비된 말을 해주게 마련이다. 하지만 이상하게 건너편에서는 대답이 없었다. 설마, 아무도 없는 걸까? 그럴 리가 없었다. 저 맞은편에는 분명, 테오가 앉아 있을 터였다. 사무장을 통해 오늘 고해성사 당번이 디모테오 신부라는 사실을 미리 확인해두었기 때문이다. 아마도 테오는 내 목소리를 알아듣고 당황한 것이리라. 지금쯤 테오가 어떤 표정을 짓고 있을지 궁금했다. 그때, 테오의 고뇌에 찬 목소리가 들렸다.

"하느님의 자비와 은총을 굳게 믿으며 그동안 지은 죄를 뉘우치고 사실대로 고백하십시오."

"아멘. 고해성사를 해본 지 너무 오래되어 마지막 고해성사가 언제였는지 기억조차 나지 않습니다. 먼저 이점에 대해 용서를 빕니다. 저는 십계명 중 '거짓 증언 하지 마라'라는 계명을 어겼습니다. 이에 용서를 구하고자 이 자리에 왔습니다. 그 밖에 제가 미처 알아내지 못한 죄 역시 모두 용서하여주십시오."

"어떤 거짓 증언을 하셨습니까? 좀 더 구체적으로 말씀해주시기 바랍니다."

"저는 정신과 의사입니다. 그런데 한 소녀 환자에게 독극물이 묻은 수면제를 잘못 처방해 환자가 목숨을 잃는 사고가 발생했습니다. 결코 용서받지 못할 실수를 저지른 것입니다. 또한, 이 사실이 밝혀질까 두려워 이를 의심하는 사람들에게 거짓 증언까지 했습니다. 이에 대해서도 용서를 빕니다."

물론, 실수가 아니었다. 하지만 나는 일부러 그렇게 고백하고 테오의 반응을 기다렸다. 숨 막히는 침묵이 흘렀다. 테오의 깊은 탄식이 들려오기를 바랐는지도 모르겠다.

"정정해야 할 것이 있습니다. 성도님께서는 하나가 아니라 두 계명을 어기셨습니다. 첫째, 살인하지 마라. 그것이 실수였다고 하더라도 성도님은 살인이라는 씻을 수 없는 죄를 지으셨습니다. 둘째, 거짓 증언을 하지 마라. 자신의 죄를 부인하는 일만큼 큰 죄는 없다고 생각됩니다. 물론, 인간은 모두 자신의 죄를 감추고 싶어 합니다. 하지만 이로 인해 많은 이들이 고통받았다면 반드시 용서를 빌고 보속을 이행하셔야 합니다."

"어떤 보속을 이행해야 합니까?"

"성도님이 하셔야 할 보속은 자수입니다."

나보고 자수를 하라고? 생각보다 테오가 순진하단 생각이 들었다. 어쨌든, 나는 이 우습지도 않은 연극을 끝내기 위해 고해성사를 마무리해야 했다.

"하느님. 제가 죄를 지어 참으로 사랑받으셔야 할 주님의 마음을 아프게 하였사오니 악을 저지르고 선을 소홀히 한 모든 잘못을 진심으로 뉘우치나이다. 또한 주님의 은총으로 속죄하고 다시는 죄를 짓지 않으며 죄지을 기회를 피하기로 굳게 다짐하오니 우리 구세주 예수 그리스도의 수난 공로를 보시고 저에게 자비를 베풀어주소서."

"인자하신 천주 성부께서 당신 성자의 죽음과 부활로 세상을 당신과 화해시켜주시고, 죄를 사하시기 위하여 성령을 보내주셨으니, 교회의 직무 수행으로 몸소 이 교우에게 용서와 평화를 주소서. 나도 성부와 성자와 성령의 이름으로 이 교우의 죄를 사하나이다."

"아멘."

"주님을 찬미합시다."

"주님의 자비는 영원합니다."

"주님께서 죄를 사해주셨습니다. 부디 보속으로 평안을 얻으시길 바랍니다."

"감사합니다."

그렇게 테오와 마지막 인사를 나누고 나는 고해소를 나왔다. 고해성사를 하기로 마음먹은 이유는 테오를 어떻게든 자극하기 위해서였다. 덤덤한 척했지만, 테오의 목소리는 분명 떨리고 있었다. 결과적으로 내 계획은 성공한 것이다. 아쉬운 점이 있다면, 자극을 받은 테오의 얼굴을 보지 못했다는 것이다. 감당하기 어려운 비밀 하나를 누군가에게 던져버리고 나왔다는 생각에 홀가분한 기분도 들었다. 하지만 어마어마한 비밀을 홀로 감당해야 하는 테오는 지금 어떤 심정일까? 어쩌면 지금쯤 고해소 벽을 치며 괴로워하고 있을지도 모르겠다. 고해소에서 이루어진 자백은 누구에게도 발설할 수 없으며, 어떤 책임도 물을 수 없기 때문이다.

#37
베드로의 시점

한숨도 자지 못했다. 오늘이 바로 마 교수의 세미나에 참석하는 날이다. 테오에게 죄다 털어놓은 터라, 사실 나는 마 교수의 제안을 받아들일 이유가 없다고 생각했다. 하지만 테오는 내가 세미나에 참석하기를 바랐다. 그래서 지금 이렇게 세미나장으로 향하고 있는 것이다. 복잡한 마음을 다스리며 무작정 걷다 보니, 어느새 세미나가 열리는 장소에 도착해 있었다. 도착하자마자 나는 깜짝 놀랐다. 이렇게 취재진이 많은 세미나는 처음 보았다. 불길한 예감이 언뜻 스쳤지만, 워낙 마음이 착잡한지라 걱정을 할 겨를조차 없었다.

진행자가 세미나 주제에 대해 간략하게 브리핑 해주었다. 이 세미나의 주된 목적은 사이코패스에게 피해를 입은 사람들의 증언을 바탕으로, 사이코패스 범죄의 위험성을 일반인들에게 널리 알리는 것이라고 했다. 미리 작성된 원고를 받아 들고 꼼꼼히 읽었다. 생각보다 내용은 무난했다. 하지만 분명 세미나는 이 원고대로 진행되지 않을 것이다.

눈부신 조명이 켜지면서 세미나가 시작되었다. 마 교수는 오른쪽 끝에 앉아 있었다. 긴장한 나머지 침이 꼴깍 넘어갔다. 마 교수는 그런 내 모습을 바라보며 묘한 웃음을 흘렸다. 조명 때문인지 마 교수의 시선 때문인지, 머리에 송골송골 맺히는 땀을 닦느라 정신이 없었다. 어느 연구자가 간략한 논문을 발표했고 이를 주제로 하나둘씩 발언들이 이어졌다. 처음에는 사이코패스의 일반적인 행동 패턴에 대한 이야기를 주로 나누었는데, 어느 순간부터 발언들이 조금씩 과격해지기 시작했다.

"마 교수님! 이쯤에서 사이코패스가 만들어지는 가장 일반적인 사례에 대해서 한 말씀 해주시면 감사하겠습니다."

"대개 사이코패스라고 불리는 반사회적 인격장애자의 증상은 어린 시절 받았던 잔인한 학대 혹은 반복된 폭력에 노출되었을 경우, 발현될 가능성이 높은 것으로 알려져 있습니다. 하지만 무엇보다 유전 요인이 추가되었을 경우 발현 가능성이 확 올라갑니다. 한마디로 사이코패스 유전자를 가지고 태어나 사이코패스에게 학대를 받고 자란 경우를 말합니다. 환경 요인 못지않게 유전 요인도 무시할 수 없다는 것입니다. 따라서 사이코패스로 인해 발생하는 범죄를 예방하기 위해 유전 요인을 좀 더 적극적으로 검토해야 합니다. 이를 통해 사이코패스 성향을 빨리 감지할 수 있기 때문입니다. 단도직입적으로 말해, 강력범죄를 저지른 사이코패스의 직계 자손들은 반드시

장기간의 추적 관찰이 필요하다는 말입니다. 경우에 따라서는 사회적 격리도 반드시 필요하다고 봅니다."

마 교수의 발언이 끝나자 여기저기서 웅성거리는 소리가 들렸다. 사회자가 다시 마이크를 들고, 나를 쳐다보았다. 눈빛으로 보아 어수선한 분위기를 정리하기 위해 이쯤에서 내가 발언을 해야 한다는 의미 같았다.

"마 교수님 의견 잘 들었습니다. 그럼 둘째 주제로 넘어가기 전에 사이코패스 범죄 피해자분의 말씀을 직접 들어보는 시간을 갖도록 하겠습니다."

드디어 올 것이 왔다. 나는 잠시 감았던 눈을 뜨고 마이크에 가까이 다가갔다. 세미나 참여자와 취재진들의 시선이 모두 나에게 쏠렸다. 순간, 정신이 아득해졌다. 하지만 이대로 정신을 놓을 수는 없었다.

"안녕하십니까? 저는 베드로라고 합니다."

"참고로 신부님이시라고 들었습니다. 맞습니까? 베드로 신부님?"

"아, 네. 그렇습니다."

"베드로 신부님께서는 얼마 전 사형당한 연쇄살인범 강치수에게 하나밖에 없는 혈육을 잃고, 본인도 죽을 위기에 처했다가 겨우 살아나신 분이라는 얘기 들었습니다. 그것도 열두 살이라는 어린 나이에 말이죠. 그때 상황을 좀 더 자세히 말씀해주시겠습니까?"

"네, 뭐 다시 떠올리고 싶지 않은 기억이지만 해보겠습니다. 연쇄살인범 강치수는 제가 살았던 동네 주민이었습니다. 물론, 그런 사람이었다는 사실을 동네 사람들은 감쪽같이 몰랐습니다. 그런데 어느 날, 강치수가 저와 누나 앞에 나타나 호의를 베푸는 척하면서 자신의 집으로 초대를 했습니다. 평소 그가 동네 주민이라는 사실을 알고 있었기 때문에, 저와 제 누나는 아무 의심 없이 강치수를 따라갔습니다. 하지만 우리가 집에 도착하자마자 강치수는 우리를 지하실에 감금했습니다. 평소 강치수가 사람들을 죽이고 뒤처리를 하는 일종의 작업실이었습니다. 잠시 후, 강치수는 장화를 신고, 비닐 옷을 뒤집어쓰고 지하실에 나타났습니다. 그 괴상한 옷은 저와 누나를 죽일 때 튀는 피를 막으려고 입은 일종의 작업복이었습니다. 그제야 저와 누나는 지하실이 위험한 곳이라는 것을 깨달았습니다. 하지만 빠져나갈 방법은 없었습니다. 결국, 저와 누나는 강치수에게 잡혀 꼼짝 없이 죽게 된 거죠. 지금 생각해도 소름끼치는 것은 두려움에 떨고 있는 저를 보며 강치수가 연신 웃고 있었다는 것입니다. 그렇게 웃고 있던 강치수가 커다란 망치를 집어 올렸습니다. 순간, 이를 보다 못한 제 누나가 뛰어들었고, 누나는 저 대신 망치에 맞아 즉사했습니다. 하지만 강치수는 누나가 그렇게 뛰어들어 흥이 깨져버렸다며 오히려 제게 화를 냈습니다. 화가 머리끝까지 올라 저를 당장 죽일 기세로 달려들었습니다. 누나를 잃은 슬픔도 잠시, 저는 어떻게든 살인마에게서 도망치고 싶었습니다. 하지만 비명을 지를 힘도, 도망쳐 달아날 힘도 없었습니다. 그때, 강치수의 아내분이 나타났습니다. 그리고 강치수에게 그만하라고 소리쳤습니다. 하지만 강치수의 광기를 막을 수는 없었습니다. 결국, 강치수의 아내분은 저를 살리겠다고 달려들었다가 강치수에게 목숨을 잃었습니다. 두 분의 희생으로 저는 지금 이 순간, 이 자리에 앉아 있는 것입니다."

장내가 물을 끼얹은 것처럼 조용해졌다. 내 이야기가 그렇게 충격적이었나? 짧지만 깊은 침묵이 흘렀다. 다행히 이 침묵을 깨줄 사회자가 있었다.

"끔찍하게 아픈 기억이실 텐데, 이렇게 솔직하게 말씀해주셔서 정말 감사합니다. 한데, 저희가 궁금한 것은 오늘 이 토론 주제에 대한 베드로 신부님의 생각입니다. 어떠신가요?"

"지금까지 나왔던 얘기들과 좀 다른 주장인데, 괜찮겠습니까?"

"물론입니다."

"사이코패스 직계 자손들은 추적 감시를 해야 한다고 여러분들이 말씀하셨는데요. 직접 피해자인 저는 이에 대해 절대 동의할 수 없습니다. 왜냐면, 사이코패스의 가족분들 또한 저와 같은 피해자이기 때문입니다. 강력범죄 예방이라는 그럴싸한 목적을 가지고 있다 해도, 그런 식으로 피해자들의 인권을 무시하고 상처를 들쑤시면 안된다고 생각합니다."

"하지만 베드로 신부님! 그 연쇄살인범을 미리 막았다면, 격리했다면 어땠을까요? 베드로 신부님의 누이도 살인마의 선량한 아내도 지금까지 살아 있지 않을까요? 오히려 추적 관찰과 격리는 사람들을 연쇄살인에서 보호할 수 있는 장치가 될 수 있지 않을까요?"

"물론, 여기 계신 분들이 사이코패스 때문에 일어날 수 있는 끔찍한 범죄를 예방하려 한다는 사실은 잘 알고 있습니다. 하지만 그렇다고 해서 무고한 사람들을 억압하고 격리해선 안 됩니다. 또한, 그런 자극이 잠들어 있는 사이코패스 성향을 깨울 수도 있다고 생각합니다. 사람들에게는 누구나 근본적인 악이 있어서 어떤 계기로 인해 발현되는데, 추적 감시와 격리가 오히려 악을 깨우는 계기가 될 수도 있다는 것입니다. 무작정 감시하고 억압하는 것이 아니라, 우리 삶의 환경을 개선해 악의 싹을 완전히 잘라버리는 것이 최선이라고 생각합니다."

"베드로 신부님 의견 잘 들었습니다. 사이코패스의 피해자로서 이런 생각을 하기가 참 힘드셨을 텐데, 역시 신앙의 힘인가요? 하하! 자, 그렇다면 잠시 쉬어가는 질문 드리겠습니다. 베드로 신부님, 제가 알기로는 어젯밤 케이블 텔레비전에서 방송된 사제들의 삶에 대한 다큐멘터리에도 출연하셨다고 들었는데, 맞습니까?"

"아, 네. 그런데 벌써 방송이 되었습니까?"

"네, 어제 저녁에 방영이 되었습니다. 저도 우연히 채널을 돌리다가 그 프로그램을 발견하고 아주 흥미롭게 봤습니다. 그런데 프로그램이 방영되고 나서 SNS를 통해 아주 충격적인 이야기가 돌기 시작했습니다. 얼마 전 사형당한 사이코패스 강치수의 아들이 사제가 되었고, 심해성당 보좌신부로 해당 다큐멘터리에 출연했다고 합니다. 베드로 신부님, 그게 사실입니까?"

너무 놀라 입을 다물지 못했다. 마 교수가 세미나에 나를 부른 이유를 그제야 깨달았다. 당황한 내가 선뜻 대답을 못 하자, 여기저기서 낮은 탄식이 흘러나와 세미나장을 얼음장처럼 차갑게 만들었다. 하지만 사회자는 작정한 듯 나를 가만두지 않았다.

"베드로 신부님?"

사회자는 계속해서 대답을 재촉했다. 나는 마 교수를 쳐다봤다. 마 교수는 나를 외면한 채 무표정한 얼굴로 어딘가를 응시하고 있었다. 술렁거림은 더욱 커졌고 침묵하던 마 교수가 입을 열었다.

"베드로 신부님에게 너무 무례한 질문을 한 것 같습니다. 사회자님! 베드로 신부님께 정중한 사과 부탁드립니다."

"아, 죄송합니다. 저는 그저 호기심에 질문을 드렸는데, 베드로 신부님에게 결례를 한 것 같네요."

머릿속이 하얘졌다. 마 교수는 강치수의 아들 테오가 사제가 되었다는 사실을 폭로하고 싶었던 것이다. 그것도 아주 우회적인 방법으로. 어떻게 해야 하지? 도대체 어떻게 해야 이 순간을 되돌릴 수 있는 거지? 식은땀이 줄줄 흘러내렸다. 하지만 방법이 없었다. 어쩌면 나는 마 교수가 짜놓은 그물에 던져진 큼지막한 미끼였는지도 모르겠다. 간절한 나의 눈빛을 바라보며 마 교수는 여유로운 표정을 지어 보였다. 지금 이 기회를 절대 놓치고 싶지 않은 것이다.

"베드로 신부님께서 많이 당황스러우신 모양입니다. 다시 한 번 사과의 말씀 드립니다. 아마도 베드로 신부님께서는 같은 성당 동료의 황당한 소문에 대해 더 이상 말씀을 하고 싶지 않으신 모양입니다. 이쯤에서 마무리하고 둘째 주제로 바로 넘어가고 싶은데, 괜찮겠습니까? 사회자님?"

"네, 물론입니다."

"둘째 주제를 설명하기 위해 최근에 발생한 한 가지 사례를 먼저 말씀드리겠습니다. 최근 한 성당에서 자살 사건이 발생했습니다. 한 소녀가 신부님을 사랑한다는 말을 유서로 남기고 자살한 안타까운 사건이었습니다. 사망한 소녀는 저희 병원에서 정신과 치료를 받고 있었고, 완치를 눈앞에 두고 있었기 때문에 저 또한 큰 충격을 받았습니다. 그런데 이 사건을 조사하던 형사를 통해 더 충격적인 사실을 들었습니다. 소녀가 사랑했던 신부가 연쇄살인범 강치수의 아들이라는 것입니다."

"마 교수님!"

"왜 그러시죠? 베드로 신부님?"

"그, 그게…… 그러니까…….."

"혹시, 사건에 관련된 신부에 대해 알고 계신 게 있으신가요?"

"아니, 그게 아니라…….."

"그럼, 제가 하던 이야기를 마저 해도 될까요?"

폭주하는 마 교수를 더 이상 막을 방법이 없었다. 오히려 내가 개입하려 들수록 의혹만 더 증폭될 뿐이다. 내가 입을 다물자 숨죽였던 카메라 플래시가 다시 터지기 시작했다. 분명 기자들도 문제의 신부가 누구인지 알아차린 것이다. 이제 어떻게 하지? 그때, 객석에서 귀에 익은 목소리가 들렸다.

"여기, 질문이 있습니다!"

#38
마 교수의 시점

카메라 플래시 때문에 객석이 잘 보이지 않았지만, 나는 그가 누구인지 단번에 알아차렸다. 객석 한쪽 구석에 그림처럼 앉아 있던 사람은 바로 테오였다. 당황스러웠다. 사회자 역시 갑자기 질문이 들어오자 당황하는 눈치였다. 긴장을 푸는 짧은 한숨을 내쉰 후, 나는 사회자에게 계속 진행하라는 눈짓을 보냈다.

"지금은 질의 시간이 아니지만, 마 교수님께서 질문을 받는 게 좋겠다고 하시네요. 저기 질문자분에게 마이크 좀 전달해주시겠습니까?"

진행 요원 한 사람이 마이크를 들고 테오에게 뛰어갔다. 입안이 바짝바짝 말랐다. 도대체 왜 저 자리에 테오가 저렇게 태연히 앉아 있단 말인가?

"마 교수님의 말씀 듣다가 한 가지 궁금한 점이 생겨서 손을 들었습니다. 제가 알기로 마 교수님께서는 정신과 의사로 20년이 넘는 경력을 자랑하는 분입니다. 그런데 자신이 진료를 보다가 안타깝게 사망한 환자 이야기를 이런 공식적인 자리에서 하셔도 되는 겁니까? 지금 말씀하신 사례는 정식 논문에 포함되지 않은 터라, 아직 환자 유가족들에게 동의를 구하지도 않으신 걸로 알고 있습니다. 이런 상황에서 유족들이 이 사실을 알게 된다면 과연 가만히 있을까요?"

테오의 말이 끝나자 장내가 다시 웅성거리기 시작했다. 그제야 깨달았다. 내가 테오에 관한 시나리오에 몰두한 나머지, 너무 폭주하고 있다는 것을. 태연한 척하고 싶었지만, 태연할 수가 없었다. 그렇다고 이대로 주저앉아 있을 수도 없었다. 어떻게든 이 상황을 정리하지 않으면, 판세가 엉뚱하게 흘러갈지 모르기 때문이다.

"하하, 그래서 사례 연구 중 하나라고 말씀드렸고, 환자의 이름은 밝히지 않았던 겁니다. 그럼에도 불구하고 제 발언이 듣기 불편하시다면, 생략하고 다음 주제로 넘어가겠습니다. 사회자님, 계속 진행해주시죠."

분위기가 어수선한 가운데 세미나가 끝났다. 하지만 기자들에게는 이제 시작이었다. 연쇄살인범 강치수의 아들로 의심되는 사제가 질문자였다는 것을 모두 알아차렸기 때문이다. 세미나가 끝나자마자 기자들은 객석에 앉아 있던 테오에게 구름떼처럼 몰려들어 원색적인 질문들을 쏟아내기 시작했다.

"아버지로서 강치수의 모습은 어땠습니까?"

"왜, 사제가 되신 겁니까?"

"연쇄살인범의 아들이란 이유로 사제가 되는 데 어려움은 없었습니까?"

"자살한 소녀와는 도대체 무슨 일이 있었던 겁니까?"

"강치수가 사형당했을 때 기분이 어땠습니까?"

기자들은 약이 바짝 오른 늦여름 모기처럼 달려들었다. 결국, 덩치 좋은 베드로가 테오를 보호하고 나섰다. 테오는 베드로의 든든한 경호를 받으며 기자들 사이를 힘겹게 빠져나갔다.

두 사람이 시야에서 완전히 사라질 때까지 나는 자리를 지켰다. 사실, 이제는 테오가 진짜 사이코패스인지 아닌지는 중요하지 않았다. 테오는 앞으로 강치수보다 더 치욕스러운 삶을 살 테고, 감옥에 가지 않아도 감옥에서 살고 있는 느낌을 받을 테니까. 그걸로 되었다고 생각했는데, 문득 이상했다. 도대체 테오는 왜 세미나장에 나타나 제 무덤을 판 것일까? 한번 똬리를 튼 찜찜한 생각은 류마티스 관절염처럼 계속 내 머리 속을 휘젓고 다녔다. 예상대로 흘러간다고 믿었던 시나리오가 처음으로 궤도를 어긋나는 듯했기 때문이다.

#39

베드로의 시점

걱정했던 일들이 연이어 터졌다. 그날 세미나장에 모였던 기자들은 테오의 과거를 까발리는 기사를 연속으로 써내려갔고, 그야말로 선정적인 기사들은 각종 매체와 SNS를 통해 널리널리 퍼져나갔다. 그러자 시청률이 저조했던 사제들의 삶에 대한 다큐멘터리가 케이블에서 연일 재방송되기 시작했다. 테오의 인터뷰는 없었지만, 유튜브와 SNS를 통해 테오가 배경처럼 나온 방송 영상들이 급속도로 퍼져나갔다.

"사제가 된 연쇄살인범의 아들! 그는 누구인가?"

언론의 이런 저급한 제목은 사람들의 호기심을 자극하기에 충분했다. 또한, 이 잘생긴 사제가 자신의 아버지를 닮아 사이코패스일지도 모른다는 의심은 광적인 동요를 불러일으켰다. 사이코패스가 어떻게 사제가 될 수 있냐는 질책이 쏟아졌다. 하지만 이런 광기 어린 관심은 시간이 흐를수록 엉뚱한 방향으로 흘러갔다. 물론, 테오의 지나치게 출중한 외모 덕분이었다. 잔혹했던 과거와는 너무나 대조적인 외모가 묘한 신비감을 불러일으킨 것이다. 특히, 여자들의 반응은 거의 폭발적이었다. 하루아침에 테오의 이미지는 비극적인 사연을 간직한 신비롭고 잘생긴 사제로 변해버렸다. 또한, 테오의 냉정하고 까칠한 행동은 오히려 여자들의 상상력과 기대감을 자극했다. 급기야 온라인 여기저기서 테오를 사모하는 팬클럽이 생겨나기 시작했다. 테오를 악의적으로 보도했던 언론사들도 점차 이성을 놓기 시작했다. 그들이 던진 떡밥을 물고 대중들이 춤을 추기 시작했기 때문이다. 기사의 방향성이 처음 의도와 많이 달라졌지만, 그들은 아무 상관도 하지 않았다. 어차피 언론이란 족속들은 진실에는 조금도 관심이 없었다. 말초신경을 자극하는 이야깃거리로 사람들의 관심을 끄는 것이 자기네 본분이라 생각하니 말이다. 한편으론 다행이란 생각도 들었다. 진실 따위는 개나 줘버려도 좋다는 간악한 언론 덕분에 테오의 이미지는 극악무도한 사이코패스 사제에서 슈퍼스타 꽃미남 사제로 변했기 때문이다.

##

그럼에도 불구하고 심해성당 성도들의 반응은 일반 대중들과 달랐다. 너무하다 싶을 정도로 테오에게 싸늘한 반응을 보였다. 일부 젊은 여자 성도들은 여전히 테오를 두둔했지만, 대부분의 성도들은 테오에 대해 두려움을 느끼는 모양이었다. 일부 성도들은 테오를 파면해야 한다고 주장했다. 테오가 레아를 죽였다고 믿었던 것이다. 물론, 이들의 중심에는 레아의 아버지가 있었다.

"주여, 악마를 거두어주소서."

"우리는 악마가 전해주는 영성체를 받을 수 없습니다."

미사가 시작되고 끝날 때마다 레아 아버지와 가까운 성도들은 성당 문밖에서 팻말을 들고 '악마 디모테오는 물러가라!'고 소리쳤다. 또한, 테오가 성당 안으로 들어가는 것을 온몸으로 막아서기도 했다. 이런 기막힌 상황 속에서도 테오는 모든 것을 담담히 받아들였다. 테오는 원래 단단한 사람이니 걱정할 필요 없다고 생각하는 사람도 있겠지만, 나는 그렇지 않았다. 자신을 믿고 따르던 성도들이 한순간에 돌아서서 자신을 비난하는 모습을 어떻게 아무렇지도 않게 받아들일 수 있단 말인가? 테오도 보통 사람들처럼 상처받고 절망했을 것이다. 다만, 그들의 적개심이 두려움 때문임을 알고 애써 이해해보려고 노력하고 있는 것이다. 다행히, 그런 와중에도 곤경에 빠진 테오에게 방패막이가 되어준 의외의 인물이 있었다. 바로 유스티노 신부님이었다.

신도들보다 더 테오를 신뢰하지 않았던 유스티노 신부님이 이러는 이유가 무엇인지 의심스럽기도 했다. 하지만 지금은 아무래도 상관없었다. 테오가 조금이라도 숨을 쉴 수 있다면. 다행히 유스티노 주임신부님이 직접 성도들을 설득하고 나서자, 사태는 조금씩 진정되기 시작했다.

"정말 감사합니다. 유스티노 신부님."

"감사할 필요 없네. 이런 일로 교회의 권위를 떨어뜨리고 싶지 않았을 뿐이니까. 어쨌든, 디모테오 신부 때문에 레아가 죽었다는 명확한 증거도 없는 상황이니까. 사실이 아닌 것은 아니라고 할 수밖에 없는 거지. 하지만 조만간 교구 차원에서 자네 거취를 두고 심각하게 논의할 걸세. 그러니 경거망동하지 말고 죽은 듯이 자숙하며 기다리게."

유스티노 신부님은 테오를 위해서가 아니라 자신의 체면과 교구의 권위를 떨어뜨리지 않기 위해 이번 일을 수습하고 나선 것이다. 실제로 유스티노 신부님은 테오에 대한 처분을 교구 차원에서 결정하도록 조치를 취해놓은 상태였다. 또한, 교구의 결정이 내려질 때까지 테오가 미사에 나서지 않도록 당부하기도 했다. 성난 성도들의 항의를 잠재우기 위해서는 어쩔 수 없는 일이라고 말하는 신부님이 조금 실망스러웠지만, 따르지 않을 이유도 없었다. 누군가에게 굳어진 편견은 좀처럼 변하기 힘든 법이니까. 유스티노 신부님의 보고를 받은 교구 원로들은 역시나 조심스러운 입장을 보였다. 또한, 어마어마한 스캔들의 주인공이 되어버린 테오 때문에 교구에 어떤 불이익이 갈지 몰라 전전긍긍했다. 그렇게 상황을 지켜보기만 하던 교구는 언론의 보도가 원색적으로 변하기 시작하자 예정에 없던 긴급회의까지 열고 대책을 강구하기 시작했다. 덕분에 사제이기에 감당해야 할 테오의 운명은 늦은 봄날 흔들리는 마지막 꽃잎처럼 위태롭게되었다.

숨 막히는 며칠이 또 흘렀다. 오늘도 테오는 하루 종일 기도실에 틀어박혀 있었다. 언제부터인가 파파라치들까지 성당 근처에 진을 치고 있어 함부로 건물 밖으로 나갈 수도 없는 상황이었다. 지난번 다큐멘터리를 찍고 의외의 재미를 봤던 케이블 채널 사람들은 속편을 만들자며 열을 올렸다. 다른 방송국에서도 테오를 인터뷰하고 싶다며 연락을 해왔다. 물론, 유스티노 신부님이 알아서 모든 제안을 거절했다. 하지만 방송국 사람들은 결코 호락호락하지 않았다. 카메라를 들고 무작정 쳐들어와 파파라치들과 함께 곳곳에 숨어 진을 치고 있었다.

카메라의 표적이 되어버린 테오를 지켜보며 심한 죄책감에 시달렸다. 이 모든 사태가 나 때문에 시작된 것 같았기 때문이다. 바싹바싹 타들어가는 마음을 진정시키기 위해 나 역시 테오가 있는 기도실을 들락거렸다. 그와 반대로 테오는 바위처럼 꿈쩍하지 않고 자리에 앉아 기도를 드릴 뿐이다. 그때, 어디선가 휴대전화 진동 소리가 들렸다. 깜짝 놀랐다. 내 휴대전화였기 때문이다. 기도실에 들어가면서 휴대전화 전원을 꺼야 하는데 깜박한 것이다. 급하게 휴대전화를 꺼내 전원을 끄려고 하는데, 발신자 표시를 보니 안나 수녀님이었다. 요셉한테 무슨 일이 생겼나? 불안한 마음으로 전화를 받으려고 기도실 밖으로 나가려는데, 기도하고 있던 테오가 어느새 내 앞에 서서 손을 내밀고 있었다. 깜짝 놀라 전화기를 테오에게 건넸다. 테오는 마치 자기 전화임을 알고 있는 사람처럼 태연하게 전화를 받았다.

"네, 수녀님! 저 테오예요. 네? 어쩌다 그런 일이…… 요셉 상태는요? 천만 다행이네요. 수녀님이 더 많이 놀라셨겠네요. 그런데 수녀님! 혹시, 최근에 마 교수가 다녀간 적이 있었나요? 아, 네. 역시 그랬군요."

참담한 얼굴로 테오는 전화를 끊었다. 나는 무슨 일인지 궁금해서 미칠 것 같았다. 하지만 테오의 일그러진 얼굴 때문에 차마 물어볼 수가 없었다. 깊은 생각에 빠져 있던 테오는 내 불안한 눈동자를 바라보며 말했다.

"오늘 아침에 요셉이 병원 옥상에서 뛰어내리려고 했대. 다행히 안나 수녀님이 바로 발견해서 끔찍한 일은 일어나지 않았지만."

어떻게 그런 일이! 믿을 수가 없었다. 아버지와 격리된 요셉이 자살을 할 이유는 전혀 없었다.

"어젯밤, 마 교수가 다녀갔나 봐."

테오의 말에 너무 놀라 자리에 주저앉았다. 마 교수가 요셉까지 노렸다는 사실에 놀랐고, 테오의 참담한 얼굴을 보니 온몸이 덜덜 떨렸다. 테오는 애써 담담하게 말을 하고 있었지만, 분노 가득한 얼굴은 잿빛으로 변했다. 그때, 참담한 얼굴로 앉아 있던 테오가 갑자기 자리에서 일어섰다.

"왜, 왜 그래?"

"외출 좀 하려고."

"지금? 어, 어딜 가려고? 요셉한테 갈 거야?"

"마 교수를 만나봐야겠어."

"안 돼! 그러지 마, 테오야!"

"요셉한테는 베드로 네가 가줄래? 가서 요셉 곁을 꼭 지켜줘. 부탁이야."

"싫어! 네가 요셉한테 가. 지금 요셉한테 필요한 사람은 내가 아니라 너잖아."

테오는 나가려다 말고 내 얼굴을 빤히 쳐다봤다. 그제야 나는 내 손과 발이 부들부들 떨리고 있다는 것을 알아차렸다. 이대로 테오를 보낼 수 없었다. 아니, 보내면 안 될 것 같았다. 지금 테오가 마 교수를 만나면 정말 큰일을 낼 것 같았기 때문이다. 하지만 테오는 부드럽지만 단호한 목소리로 말했다.

"나 때문에 일어난 일이잖아. 그러니까 내가 해결해야지."

#40
남 형사의 시점

유난히 나른한 오후였다. 점심을 먹은 직후라 그런지 살짝 졸음도 몰려왔다. 하지만 이런 달콤한 시간은 그리 오래가지 않는 법이다. 오늘도 어김없이 이 나른함을 말끔히 날려버릴 누군가가 경찰서 안으로 뛰어 들어왔다.

"남 형사님! 남 형사님, 큰일 났어요!"

덩치가 산만 한 베드로 신부였다. 나는 깜짝 놀라 자리에서 벌떡 일어났다. 좀처럼 뛰는 법이 없던 베드로 신부가 땀을 뻘뻘 흘리며 뛰어 들어왔기 때문이다. 벌겋게 달아올라 있어야 할 그의 얼굴이 백지처럼 하얗게 변해 있었다. 마치, 귀신을 보고 놀란 사람처럼. 순간, 직감했다. 디모테오 신부에게 무슨 일이 일어난 거라고. 하지만 베드로 신부는 횡설수설 앞뒤가 안 맞는 말들만 늘어놓았다. 어쩔 수 없이 나는 베드로의 두서없는 말들을 눈치껏 알아들어야 했다.

"그러니까, 지금 디모테오 신부님한테 무슨 일이 생겼다는 거예요?"

"안나 수녀님 전화를 받는데, 요셉이, 요셉이 죽을 뻔했다고…… 그 소리를 듣더니 갑자기 뛰쳐나갔어요. 마 교수 만난다고. 내가 안 된다고 했는데, 가지 말라고 했는데……."

"어디로 갔는지 짐작되는 곳 없어요?"

"마, 마 교수를 만나러 간다고 했다고요."

"그러니까, 마 교수를 만나러 어디로 갔는지 아시냐고요!"

"그, 그건 저도 몰라요. 모르니까 남 형사님한테 온 거잖아요. 남 형사님! 제발 우리 테오 좀 빨리 찾아주세요! 네? 제발요."

베드로 신부는 디모테오 신부가 무슨 일을 벌일지도 모른다고 생각하는 것 같았다. 문득, 얼마 전 디모테오 신부와 나누었던 이야기들이 떠올랐다. 마 교수가 의사라는 신분을 이용해 사이코패스 환자들을 은밀히 살해해왔다는 이야기. 황당한 추측이고 명확한 증거는 없었지만, 실제 마 교수가 맡았던 사이코패스 추정 환자들은 사고사 혹은 자살에 이른 경우가 많았다. 광기 어린 신념에 사로잡힌 마 교수가 요셉이라는 아이까지 죽이려고 했다? 도대체, 왜? 무엇 때문에?

생각이 거기까지 미치자, 마 교수가 디모테오 신부를 도발하기 위해 요셉이라는 아이를 이용했을지도 모른다는 생각이 들었다. 디모테오 신부는 마 교수의 계략으로 사제라는 신분에 치명상을 입었지만 모든 고통을 감내하려 했다. 하지만 마 교수가 요셉을 건드리는 것까지는 참을 수 없었을 것이다. 그제야 나는 베드로 신부가 왜 이렇게까지 불안해하는지 이해할 수 있었다. 덕분에 나 역시 불안해지기 시작했다. 이런 상황에서도 바보 같은 베드로 신부는 디모테오 신부가 어디로 갔는지 짐작조차 못 하고 있었다. 답답했다. 지금은 어떤 사건이 일어난 상황이 아니라 수사권을 발동할 수도 없었다. 어쩔 수 없이 디모테오 신부와 마 교수의 휴대전화를 추적해봐야겠다고 생각했을 무렵, 전화벨이 요란하게 울렸다. 전화를 건 사람이 누구인지 확인도 하지 않고 전화를 받았다. 알 것 같았기 때문이다.

#41
마 교수의 시점

저만치 자동차 헤드라이트가 반짝이는 것이 보였다. 얼마 되지 않아 가로등 불빛 하나 없던 흉가 앞에 택시 한 대가 멈춰 섰다. 차문이 열리더니 검은 사제복을 입은 남자가 택시에서 내렸다. 얼굴이 제대로 보이지 않았지만, 그가 누구인지 단번에 알아챘다. 연쇄살인범 강치수의 아들, 테오였다. 테오가 내리자 택시는 망설이지 않고 다시 출발했다. 포식자를 피해 도망치는 초식동물의 붉은 눈동자를 연상케 하는 택시의 붉은빛은 순식간에 사라졌다. 다시 흉가 앞은 그림자조차 숨어버린 어둠에 사로잡혔다. 덕분에 검은 사제복을 입은 테오가 잘 보이지 않았다. 마치 테오가 어둠 자체였던 것처럼. 어둠에 조금씩 눈이 익숙해지면서 테오의 실루엣이 서서히 드러나기 시작했다. 그림자도 없는 테오가 흉가 앞에 오랫동안 서 있었다. 나 역시 그런 테오를 지켜보며 한참을 서 있었다. 마침내 테오가 한 번도 열린 적이 없을 것 같은 낡은 대문을 열고 흉가 안으로 들어갔다. 어둠속에 숨어 있던 나도 테오의 그림자가 되어 테오를 따라 들어갔다.

"생각보다 빨리 도착하셨네요, 디모테오 신부님!"

"왜 이곳에서 만나자고 한 거죠?"

"디모테오 신부님에게 아주 의미 있는 장소 같아서요."

그랬다. 이곳은 어린 시절 테오가 강치수와 살았던 집이었다. 그 사건이 세상에 공개된 후, 이 집은 자연스럽게 아무도 찾지 않는 흉가가 되었다. 테오에게 이 집은 어떤 의미가 있을까? 이게 궁금해서 여기서 만나자고 했다. 물론, 테오를 이곳에 불러내기 위해서 나는 요셉을 먼저 만나봐야 했다. 병원에 입원해 있는 요셉에게 찾아가 상담 때는 차마 해주지 못했던 중요한 이야기를 해주었다. 부모에게 강한 폭력성이 동반된 학대를 받고 자란 아이들은 어른이 되었을 때 비슷한 성향을 보이기 쉽다고. 또한, 부모가 유독 한 자식에게 폭력성을 보이는 이유는 아이가 자신과 매우 닮았다고 생각하기 때문이라고. 똑똑한 요셉은 요지를 단번에 알아듣고 내 의도대로 행동해주었다. 덕분에 잠시 빗나갔던 내 시나리오가 다시 제자리를 찾을 수 있었다.

"자, 그럼! 오늘 저를 보자고 하신 이유를 말씀해주시겠어요?"

"이제 그만 멈춰주셨으면 합니다."

"뭘, 말이죠?"

"사람을 자기 멋대로 심판하는 일."

"무슨 말씀이신지……."

"당신이 레아뿐만 아니라 수많은 환자들을 죽여왔다는 사실, 다 알고 있습니다."

"도대체 무슨 말을 하고 있는지 모르겠군요."

"제가 어떻게 해야 그 끔찍한 짓을 멈출 건가요?"

"글쎄요. 존재 자체가 잘못된 당신이 무슨 일을 할 수 있을까요?"

"그동안 당신한테 무슨 일이 있었던 거죠? 도대체 뭐가 당신을 이렇게 만든 겁니까?"

"이 모든 일이 당신 때문에 시작됐다면, 믿겠어요?"

##

연수를 사랑했다. 연수는 내게 시작이자 끝이었다. 하지만 그런 연수를 짐승보다 못한 놈에게 빼앗겨버렸다. 믿기지 않았다. 믿을 수가 없었다. 짐승보다 못한 놈의 아이를 낳은 연수도, 그놈에게 목숨을 구걸하던 나 자신도. 어쩌면 그때부터였을 것이다. 세상만사가 일그러져 보이기 시작한 것은. 다행인지 불행인지 그런 나를 누구도 눈치채지 못했다. 나 자신조차 말이다. 그 짐승이 연수를 죽였다는 텔레비전 뉴스를 접하게 된 순간, 나는 딴사람이 되었다. 끝없는 분노와 자괴감이 시소를 타며 나를 가만히 두지 않았다. 결국, 온몸이 녹아내릴 것 같은 고통스런 순간들을 이겨내기 위해 나는 결심할 수밖에 없었다. 짐승보다 못한 악마를 처단하기 위해 기꺼이 심판자가 되기로.

내가 무언가를 하기도 전에 그 악마가 경찰에 붙잡혔다. 하지만 아무것도 바뀌지 않았다. 내 마음은 여전히 지옥이었고, 뭐라도 하지 않으면 돌아버릴 것 같은 순간들이 연이어 찾아들었다. 그때, 연수의 아들이 살아 있다는 소식을 들었다. 그래서 무작정 연수의 아들을 찾아갔다. 정신과 의사라는 신분 덕분에 아이를 만나는 일은 그리 어렵지 않았다. 정신과 의사로서 피해자들의 심리 치료를 맡겠다고 자청한 것이다. 연수에 대한 죄책감 때문이었는지, 살인마에 대한 복수심 때문이었는지는 잘 모르겠다. 어쨌든 나는 악마의 아들이자, 연수의 아들을 만났다. 하지만 나는 다시 절망했다. 아이의 얼굴에서는 연수의 모습을 조금도 찾아볼 수 없었다. 20년이 지난 지금, 예정된 운명처럼 연수를 닮지 않은 연수의 아들은 악마 같은 놈과 똑같은 모습으로 내 눈앞에 서 있었다.

"저 때문이 아니라, 저희 어머니 때문 아닌가요?"

순간, 쇠망치로 머리를 얻어맞은 기분이 들었다. 연수와 나 사이의 일을 어떻게 알고 있는 거지? 궁금했지만, 물어볼 수가 없었다. 간악한 녀석의 말재주에 놀아나고 싶지 않았기 때문이다.

"저는 어머니가 돌아가시기 전부터 마 교수님을 알고 있었습니다. 어머께서 마 교수님 이야기를 자주 하셨거든요."

"연수가 내 얘기를 했었다고?"

"네. 어머니는 자주 선생님 이야기를 하셨습니다. 그래서 어머니가 돌아가시고 교수님의 심정이 어땠을지 조금은 짐작합니다. 저 역시 어머니를 지켜내지 못했다는 자책감에 지금까지 괴로워하고 있으니까요. 그렇다고 당신이 누군가를 심판하고 단죄할 자격이 생기는 건 아닙니다. 그러니 제발, 멈춰주세요! 당신은 지금 강치수를 이긴 것이 아니라, 강치수가 만들어놓은 증오의 늪에 깊이 빠져 들어가 있는 겁니다."

"그렇게 말하는 너는! 증오의 늪에서 벗어났다고 생각하는 건가? 아니지. 절대 그러지 못했을 테지. 왜냐면, 너의 심장에는 강치수의 사악하고 더러운 피가 흐르고 있을 테니까. 나는 알아. 네가 사제가 된 진짜 이유를. 네 사악한 피와 싸울 용기가 없어서가 아닌가? 그래서 사제라는 보호막이 필요했던 거야. 안 그래?"

"그래요. 당신 말대로 내가 그런 사람이라고 치죠. 그럼, 당신은 이런 나한테 도대체 뭘 바라는 겁니까?"

"내가 너한테 바라는 거? 아주 간단해. 너도 네 아버지와 다르지 않다는 걸 보여주는 거. 그래서 네 아버지처럼 지옥으로 꺼져버리는 거!"

이 정도면 도발이 되었을까? 아니었다. 저만치 서 있던 테오가 갑자기 성큼성큼 다가오고 있었다. 예상치 못한 돌발 행동에 나도 모르게 뒷걸음질이 쳐졌다. 내가 뒷걸음질을 치자 테오가 걸음을 멈췄다. 나도 멈췄다. 다시 짙은 안개처럼 무겁고 찐득한 침묵이 내려앉았다. 뒷덜미에서 서늘한 땀방울이 흘러내리는 순간, 테오가 갑자기 시야에서 사라졌다. 내 눈앞에서 테오가 무릎을 꿇었기 때문이다.

"이게 뭐하는 짓이지? 끝까지 자신은 선한 사제라고 우기고 싶은 건가? 당장, 일어나지 못해? 역겨운 사제 흉내는 이제 그만 집어치 우라고!"

"제발, 멈춰주세요! 이렇게 부탁드립니다."

"도대체 왜 이렇게까지 하는 거지? 네가 마음만 먹는다면 나 정도 는 간단히 처리할 수 있을 텐데 말이야."

"강치수라는 악마 때문에 당신이 괴물로 변해가는 모습, 더 이상 보고 싶지 않습니다."

"괴물? 누가, 누구더러 괴물이라는 거지?"

"제발, 자기 자신을 한번 보세요! 지금, 당신 모습이 누구와 닮아 있는지 똑똑히 보시란 말입니다!"

머릿속에서 가느다란 신경 줄 하나가 툭 끊기는 소리가 들렸다. 순간, 내 손은 분노에 못 이겨 무릎 꿇은 테오의 멱살을 휘어잡았다. 지금 내가 미치광이 살인마와 닮아 있다는 거야? 그것도 악마 새끼 가 나한테?

"이 악마 새끼가 지금 무슨 소리를 하고 있는 거야! 미치광이 살 인마를 닮은 괴물은 내가 아니라 바로 너야! 알아들어? 내가 아니라 바로 너라고!"

"당신이 미치광이 살인마 때문에 평생을 치욕 속에 살았다는 사실 잘 알고 있습니다. 저도 그랬습니다. 당신과 다르지 않았단 말입니 다. 하지만 결정적으로 당신과 내가 다른 점이 뭔지 아십니까? 나는 평생 그 미치광이를 닮지 않기 위해 몸부림쳤고, 당신은 그 미치광이를 이기려고 기를 썼다는 겁니다."

"그만 닥치지 못해?"

"당신은 존경받는 의사였습니다. 얼마든지 다른 방법으로 강치수를 이길 방법이 있었단 말입니다. 그런데 왜 강치수와 똑같은 방법으로 싸우려고 합니까? 왜, 무고한 사람들까지 심판하려고 합니까?"

"그 새끼들은 다 죽어 마땅한 놈들이었어. 살려뒀다면, 강치수와 똑같은 놈이 되었을 거라고!"

"그래서 그들을 죽이고 나니 만족스러우셨습니까? 강치수를 죽인 것처럼 속이 후련하셨습니까? 매일같이 달라붙던 그 더러운 기분이 조금이라도 없어졌습니까? 아뇨, 절대 그렇지 않았을 겁니다. 오히려 더 깊고 어두운 늪에 빠지셨을 겁니다. 그러니 제발, 억지 부리지 마시고 자신의 모습을 한번 똑똑히 보세요. 지금 당신이 어떤 모습인지. 누구와 닮아 있는지!"

"너 따위가 감히 나를 판단해? 너한테 그럴 자격이 있다고 생각해?"

"도대체 무슨 자격 말입니까. 아니, 우리 두 사람 중에 그런 자격을 가진 사람이 있습니까?"

"적어도 미치광이 살인마 아들놈의 새끼가 할 소리는 아니지!"

"정말, 이 불행이 저로 인해 생겨났다고 생각하시는 겁니까?"

"모든 게 다 너 때문이야. 연수가 나를 떠난 것도, 미치광이 살인마와 살아야 했던 것도, 악마 같은 괴물한테 죽임을 당했던 것도! 바로 네가 이 세상에 태어났기 때문이라고!"

"그렇다면, 왜! 교수님은 어머니를 모른 척하셨습니까?"

"뭐, 뭐라고?"

"당신이 어머니를 찾아왔던 그날! 어머니도 당신을 보았습니다. 자신의 끔찍한 불행을 목격하고 달아나는 당신 뒷모습을 하염없이 지켜봤단 말입니다!"

"그, 그럴 리가……."

"당신도 강치수에게 끔찍한 치욕을 당했다는 거, 알고 있습니다. 그래서 어머니를 외면하고 달아난 당신을 이해해보려고도 했습니다. 하지만 그 후 당신이 한 행동은 도저히 이해할 수가 없습니다. 사회적으로 인정받는 정신과 의사가 신고를 했다면, 아니 익명으로라도 신고를 해주었다면, 강치수의 인질로 살고 있던 어머니를 충분히 구할 수 있었습니다. 그런데 당신은 어떻게 했습니까? 그저 자신의 치욕이 드러날까 전전긍긍하며 죄 없는 사람들만 잡아다 죽였습니다. 나라는 존재, 아니 강치수와 닮은 모든 존재들이 당신에겐 살아 있는 치욕이었으니까요. 그래서 치욕감을 없애느라 불쌍한 우리 어머니를 외면했던 겁니까? 아니면, 기억조차 하기 싫었던 겁니까? 어머니가 왜 그날, 아버지에게 처음이자 마지막으로 달려들었는지 아십니까? 어머니는 더 이상 살고 싶지 않았던 겁니다. 아니, 살아낼 자신이 없었던 겁니다."

테오의 마지막 말은 제대로 들리지 않았다. 그의 말을 이해하기도 전에, 내가 이성의 끈을 놓아버렸기 때문이다. 어쩌면 그렇게라도 해서 결코 듣고 싶지 않은 말을 막으려 했는지도 모르겠다. 어느새 내 손에는 칼 한 자루가 쥐여져 있었다. 이걸 왜 내가 쥐고 있지? 이 칼은 내가 휘두르기 위해 가져온 것이 아니었다. 나의 도발로 이성을 잃은 테오가 내게 휘두르길 바라며 준비한 것이었다. 그래서 테오가 미치광이 살인마의 아들이자 사이코패스임을 스스로 증명하리라 믿었던 것이다. 하지만 이성의 끈을 놓아버린 칼끝은 이제 내가 아니라 테오를 향하고 있었다. 두려웠다. 한 조각이라도 남아 있을지 모르는 내 이성이 이 무모한 칼끝을 멈춰주길 바랐다. 안타깝게도 성난 칼끝은 멈추지 않았고, 테오 역시 내 칼끝을 피할 생각이 없어 보였다.

그때, 어디선가 강렬한 빛이 폭죽처럼 터졌다. 카메라 플래시였다. 덕분에 사라진 줄 알았던 내 이성이 고개를 들었다. 그와 동시에 어둠속에 숨어 있던 수많은 카메라 플래시들이 별빛처럼 쏟아지며 많은 사람들이 모습을 드러냈다. 눈이 부셨다. 굽힐 줄 모르고 용맹하기만 했던 내 미친 칼끝은 바닥으로 떨어졌고, 꺾일 줄 모르던 내 다리도 힘을 잃었다. 나는 바닥에 주저앉아버렸다.

"괜찮으십니까, 신부님?"

"네, 괜찮습니다. 죄송하지만 경찰에 신고 좀 해주시겠습니까? 이분이 직접 자수할 수 있도록."

"아까 주신 번호로 이미 신고는 해두었습니다. 아마 곧 경찰이 도착할 겁니다."

테오가 내게 천천히 다가오자 다시 카페라 플래시가 연속으로 터졌다. 테오에게 해를 가하지 말라는 엄중한 경고였다. 하지만 이제 그런 경고 따위는 필요 없었다. 모든 것이 끝났다.

"교수님! 기회는 아직 남아 있습니다."

"무슨 기회?"

"미치광이 살인마와 달라질 수 있는 마지막 기회 말입니다."

"자수를 하라는 건가?"

대답 대신 테오는 고개를 끄덕였다. 나는 더 이상 할 말이 없었다. 아니, 테오의 얼굴을 보고 이야기를 할 자신이 없었다. 결국, 나는 짐승 같은 미치광이 살인마를 증오한다는 이유로 연수를 외면하고 무고한 사람들의 인생까지 먹어치운 괴물일 뿐이니까.

이를 악물고 자리에서 일어났다. 테오가 부축하려고 했지만, 손짓으로 그의 도움을 단호하게 거절했다. 이를 악물고 내 승용차가 있는 곳까지 걸었다. 넘어지지 않으려고 한 걸음 내디딜 때마다 혼신의 힘을 다했다. 테오는 그런 나를 묵묵히 따랐다. 수많은 카메라들도 테오 뒤를 따랐다.

"따라올 것 없네. 자네 말대로 지금 나는 죗값을 치르러 가는 길이니까."

내 말에 테오는 더 이상 따라오지 못했다. 의지와 다르게 자꾸만 몸이 비틀거렸지만, 나는 기어고 혼자 승용차에 올라탔다. 시동을 걸었다. 다시 카메라 플래시가 터졌다.

"아무래도 제가 같이 가야겠습니다. 기다려주세요!"

이게 내가 들을 수 있는 테오의 마지막 말이길 바랐다. 그래서 가속페달을 세게 밟았다. 짐승이 울부짖는 소리처럼 엔진이 울었다. 그렇게 어둠을 가르며 나는 그 자리에서 도망쳤다.

#42

구급대원의 시점

요란한 구급차 사이렌 소리가 고막을 찢을 듯이 울려 퍼지고 있었지만, 젊은 신부는 아랑곳하지 않고 기도를 드렸다. 도대체 무슨 사연일까? 이윽고 젊은 신부가 성호를 그으며 기도를 마쳤다. 그리고 말간 얼굴로 내게 물었다.

"괜찮을까요?"

"맥박이 안정을 찾고 있으니 괜찮을 겁니다. 너무 걱정하지 마세요."

젊고 잘생긴 신부는 그제야 조심스레 한숨을 내쉬었다. 다행히 차가 완전히 우그러지거나 폭발하지 않아서 환자의 상태는 절망적이지 않았다. 하지만 차가 낭떠러지에 처박혔던 터라 환자를 구조하는 일이 만만치 않았다. 그때, 신고를 한 당사자라며 이 잘생긴 신부가 어둠 속에서 나타나 묵묵히 구조를 도왔다. 궁금했다. 이 환자와 잘생긴 신부의 관계는 무엇일까? 아버지와 아들? 아니면, 사제와 신도? 보아 하니 분명 아는 사이 같긴 한데, 어쩌다가 이런 지경이 된 걸까? 궁금증을 참지 못한 나는 젊은 신부에게 넌지시 물었다.

"근데 이 환자분과는 어떤 사이신가요?"

"저희 어머니의 친구분이십니다."

"아이고, 그런데 어쩌다가…….."

"이분이 차를 탈 때 조금 이상한 낌새가 있어서 혹시나 하고 따라왔는데, 역시나 낭떠러지로 차를 모시더군요."

"무슨 사연이 있는지는 잘 모르겠지만, 어쨌든 이만하길 정말 다행입니다."

"근데 병원까지 시간이 얼마나 걸릴까요?"

"글쎄요. 거의 다 온 것 같은데요?"

젊은 신부는 마음이 놓이지 않았는지 다시 기도를 시작했다. 이 신부가 할 수 있는 일은 그것밖에 없는지도 모르겠다. 그때, 고막을 찢어버릴 것 같은 사이렌 소리가 들렸다. 오늘따라 사이렌 소리가 왜 이렇게 시끄러운 거지? 앞에 있는 창으로 보니, 구급차 앞쪽에 경찰차가 있었다. 그러면 그렇지. 먼저 도착했던 여형사가 요란하게 사이렌을 울리며 앞길을 터주고 있는 모양이었다. 아까 보니 나중에 도착한 여형사와 이 젊은 신부도 서로 아는 사이 같았다. 새삼 누워있는 환자가 대단한 사람으로 보였다. 그런데 왜 스스로 목숨을 끊으려고 했을까? 궁금증이 꼬리에 꼬리를 물고 있을 때 구급차는 병원 응급실에 도착했다.

구급차 문이 열리자 젊은 신부가 제일 먼저 뛰어내렸다. 여형사는 차에서 내리자마자 환자 상태를 살폈다. 환자가 응급실로 들어섰을 무렵, 덩치가 산만 한 신부 하나가 병원으로 뛰어 들어왔다. 하지만 덩치 큰 신부는 환자를 보러 온 것이 아니었다. 그는 젊고 잘생긴 신부를 껴안고 울음을 터뜨렸다.

#43
마 교수의 시점

여기저기 깁스를 하고 있었지만, 수술 경과가 좋아 며칠 만에 일반 병동으로 옮겨졌다. 오늘 아침에는 잠시 자리에 앉아 있을 수 있을 정도로 상태가 호전되기도 했다. 하지만 내 정신 상태는 정반대였다. 몸이 회복될수록 정신은 더 피폐해졌다. 담당 주치의는 정신과 치료를 받아보라고 했지만, 나는 받아들이지 않았다. 누군가가 내 안에 있는 지옥을 들여다보게 하고 싶지 않았다. 내 마음도, 내가 숨을 쉬고 있는 이 작은 병실도 모두 지옥이었다. 지금 죽는다 해도 나는 분명 지옥으로 떨어질 것이다. 세상 어디에도 내가 평안을 얻을 곳은 없는 것이다.

'똑똑!'

누군가 지옥 같은 내 병실 문을 두드렸다. 고통스럽게도 절대 보고 싶지 않은 테오였다. 두 눈을 질끈 감았다.

"회복이 빠른 편이라고 들었습니다. 정말 다행입니다."

"……!"

"제가 아직도 불편하십니까?"

"……!"

"어쨌든, 살아주셔서 감사합니다."

테오의 다정한 말투에 나는 더 이상 참을 수가 없었다. 결국, 눈을 부릅뜨고 테오에게 쏘아붙였다.

"도대체, 왜 나를 살린 거지?"

"인정하고 싶지 않으시겠지만, 저는 사제입니다. 사제라는 사람이 스스로 죽으려 하는 사람을 그냥 내버려둘 수는 없지 않습니까?"

"그것뿐인가?"

"그것뿐입니다."

물론, 진심이 아니라는 것을 안다. 그래서 더 화가 난다. 이상했다. 분명 화가 난 것 같은데, 눈물이 먼저 났다. 창피했다. 그래서 또 화가 났다. 그러다 깨달았다. 연수가 떠난 뒤, 단 한 번도 눈물을 흘린 적이 없었다는 것을.

"연수가 나에 대해 뭐라고 했었나?"

"어머니 친구분 중에 훌륭한 의사 선생님이 계시다고. 그분을 진심으로 좋아하고 존경했다고. 혹시 어머니한테 무슨 일이 생기면 그 선생님을 꼭 찾아가 보라고."

다시 눈을 질끈 감았다. 칼로 찌르는 것 같은 통증이 가슴을 파고들었다. 결국 나는 내 자존심 하나 지키자고 연수의 고통과 절망을 외면한 사람이었다. 어쩌면 진짜로 연수를 죽인 사람은 강치수가 아니라 나인지도 모르겠다.

"자네가 이런다고 해서 달라질 것은 없네. 그러니 나한테 어떤 기대도 하지 말게."

"알고 있습니다. 다만, 저는 교수님이 자기 자신을 용서할 수 있기를 바랄 뿐입니다."

"용서라…… 나 같은 사람에게 가능한 일인가?"

"자신이 용서가 안 되신다면, 교수님 때문에 죽어간 이들에게라도 용서를 구해보세요. 교수님이 강치수와 달라질 수 있는 마지막 기회가 될 겁니다."

"그래서 죗값을 내 목숨으로 치르려고 했네."

"목숨만큼 가벼운 죗값은 없습니다."

"그럼, 무엇으로 내 죗값을 치러야 한단 말인가?"

"죗값은 살아내면서 평생을 두고 치러야 하는 겁니다. 죄책감을 가슴에 담아두고, 하루하루 무거워지는 고통을 오롯이 견뎌내야만 진짜 용서를 받을 수 있는 겁니다. 그게 죽어버리는 것보다 훨씬 더 어려운 일이기 때문입니다."

"자네가 그걸 어떻게 아나?"

"저도 지금 죗값을 치르며 살고 있기 때문입니다."

"자네의 죄는 무엇인가?"

"제 어머니를 지켜드리지 못한 죄, 그리고 제 벗의 누이를 지키지 못한 죄입니다. 그들을 위해 저는 평생 죗값을 치르며 살아낼 겁니다.”

“그래서 사제가 되었나?”

“많은 이유들 중 하나입니다.”

“내 죄가 그런다고 사해지겠나?”

“교수님은 이미 고해성사까지 하지 않으셨습니까? 이제 고해성사에서 약속하신 보속을 실천하시면 됩니다.”

“나 같은 사람이 정말 용서받을 수 있다고 생각하나?”

“네, 저는 그렇게 믿습니다.”

테오의 말이 진심이라는 것을 안다. 그래서 아직 경찰에 신고하지 않은 것이다. 테오는 그날 밤 흉가에 모였던 기자들에게도 조금만 기다려달라고 부탁했을 것이다. 그러지 않았다면 오늘까지 내가 이 병실에서 이렇게 편안히 누워 있지 못했을 것이다. 하지만 그런 테오의 배려가 전혀 고맙지 않았다. 나 자신을 더 비참하게 만들기 때문이다.

테오가 돌아간 뒤에 나는 다시 길고 깊은 침묵에 빠졌다. 그렇게 또 일주일을 보냈다. 겨우 침대에서 일어나 걸을 수 있게 되었을 때 담당 주치의에게 물었다. 퇴원을 해도 되겠냐고. 주치의는 원한다면 퇴원을 하고 통원치료를 받아도 괜찮다고 말했다. 나는 곧바로 퇴원 수속을 밟았다. 병원 수납을 마치고 걱정하는 가족들을 뒤로한 채 혼자 택시를 잡아탔다. 이제야 고해성사에서 약속했던 보속을 실행할 수 있을 것 같았다.

#44
남 형사의 시점

급한 나머지 숨을 헐떡이며 버스터미널 대합실로 뛰어들었다. 디모테오 신부가 대합실 안쪽에서 버스를 기다리고 있는 것이 보였기 때문이다. 그는 대합실 안에 있는 텔레비전을 멍하니 바라보고 있었다. 텔레비전에선 소나기처럼 쏟아지는 플래시를 한 몸에 받으며 교도소로 이송되는 마 교수의 모습이 실시간으로 중계되고 있었다. 마 교수는 병원에서 퇴원하자마자 경찰서에 찾아가 자신이 레아를 죽인 범인이라며 자수를 했다. 이해할 수가 없었다. 얼마 전까지만 해도 디모테오 신부를 잡아먹지 못해 안달을 했던 마 교수가 왜 갑자기 모두 내려놓고 자수한 것일까? 마 교수가 경찰에 자수하자 세상은 발칵 뒤집혔다. 마 교수가 레아뿐만이 아니라 지난 20년간 사이코패스로 의심되는 환자들을 어떻게 죽였는지 모두 자백했기 때문이다. 덕분에 디모테오 신부의 무고함은 저절로 밝혀졌고, 신드롬처럼 보였던 디모테오 신부에 대한 대중들의 관심도 서서히 사그라졌다. 하지만 심해성당 신도들은 여전히 디모테오 신부를 받아들이기 힘들어했다. 결국, 교구에서는 사제와 신도들을 모두 배려하는 차원에서 디모테오 신부를 작은 수도원 사제로 발령해버렸다. 베드로 신부와 안나 수녀님은 안타까워했지만, 디모테오 신부는 오히려 잘된 일이라며 두 사람을 위로했다. 그래서 지금 디모테오 신부가 버스터미널 대합실에 앉아 수도원으로 가는 버스를 기다리고 있는 것이다.

"디모테오 신부님!"

"남 형사님? 어떻게 여기까지……."

"하하, 근처에 볼일이 있었다고 하면 너무 속보이는 말이겠죠?"

"아무래도 좀 그렇죠?"

"여전히 솔직한 걸 좋아하시네요. 하하!"

"근데 정말 저를 배웅해주려고 나오신 거예요?"

"네, 전에 주신 성물들 축복기도 받고 싶기도 하고. 뭐 겸사겸사 왔죠."

"아, 맞다. 그럼 다음 주에 세례 받으시는 건가요?"

"네, 그러기로 했어요. 다 신부님 덕분이죠."

"찬미 예수님! 정말 축하드립니다. 그런데 형사님 세례명은 정하셨어요?"

"하하, 그럼요! 제 세례명은 아그네스예요."

"아그네스. 저희 어머니와 똑같은 세례명이네요."

디모테오 신부는 그렇게 말하며 희미하게 웃었다. 그리고 내가 건

넨 성물을 손에 꼭 쥐고 축복기도를 드렸다. 기도드리는 디모테오 신부를 가만히 보고 있자니 왠지 모르게 가슴이 먹먹해졌다. 나로서는 상상치도 못할 끔찍한 일들을 겪어내고 이 자리에 서 있는 디모테오 신부의 심정이 어떨지 짐작조차 하기 어려웠기 때문이다.

"근데 제가 여기 있다는 것은 어떻게 아셨어요?"

"베드로 신부님 덕분이죠. 그분은 디모테오 신부님에 관한 일이라면 뭐든 아시잖아요."

"하하, 역시!"

"이제 신부님 가시고 나면 우리 베드로 신부님은 무슨 재미로 사신대요?"

"그러게요. 제가 없더라도 남 형사님이 철없는 우리 베드로 잘 좀 돌봐주세요."

"에이, 무슨 말씀을. 베드로 신부님은 디모테오 신부님 걱정만 하시던데요?"

"저야 뭐, 공기 좋고 마음 편한 곳으로 가는걸요. 베드로가 저 없이 밤마다 술만 퍼마시다가 술고래 될까 봐 걱정이에요. 베드로는 지방간에 콜레스테롤 수치도 완전 높은 성인병 환자거든요."

"알았어요. 제가 수갑을 채워서라도 베드로 신부님 술 끊게 해드릴게요."

내 서투른 농담에 디모테오 신부는 해맑게 웃었다. 마치 그를 옭아매던 모든 사슬을 이제야 다 풀어버렸다는 듯이. 코끝이 찡해졌다. 디모테오 신부가 그렇게 웃는 모습은 처음 보는 것 같았다.

"정말 고맙습니다. 그리고 남 형사님! 그동안 제가 못되게 굴었던 거 용서하세요."

"어머, 이상해요! 그런 말씀 하시니까 진짜 마지막 같잖아요."

"하하, 그런가요?"

"우리 또 볼 수 있는 거잖아요, 안 그래요?"

"하하, 그럼요. 언젠가는!"

때마침, 디모테오 신부가 기다리던 버스가 도착했다. 디모테오 신부가 손을 흔들며 버스에 올라탔다. 나 역시 두 손을 흔들며 배웅했다. 그리고 디모테오 신부를 태운 버스가 시야에서 완전히 사라질 때까지 자리를 지켰다.

#45
도팔의 시점

버스터미널 대합실을 어슬렁거리다가 대략 1년 전 나를 당황하게 만들었던 잘생긴 신부와 마주쳤다. 그는 긴 다리를 꼬고 앉아 대합실 텔레비전을 열심히 쳐다보고 있었다. 왠지 그에게 눈에 띄면 안 될 것 같은 기분이 들어 뒤돌아섰다. 그때, 한 여자가 대합실로 뛰어들었다. 부딪히려는 순간, 용케도 피했다. 앞 좀 보고 다니라고 욕지거리라도 한마디 하고 싶었지만, 참았다. 그 신부의 눈에 띄고 싶지 않았기 때문이다. 대합실 문을 나서며 슬쩍 뒤를 돌아봤다. 그런데 좀 전에 나와 부딪힐 뻔한 여자가 신부와 다정하게 이야기를 나누고 있었다. 뭐지? 신부를 바라보는 여자의 눈빛이 남달랐다. 덕분에 나는 아주 좋은 생각이 떠올랐다.

일단 눈에 띄지 않는 곳에 몸을 숨기고 두 사람을 계속 지켜봤다. 한참 여자와 이야기를 주고받던 잘생긴 신부는 여자를 대합실에 혼자 남겨두고 버스에 올라탔다. 여자는 아쉬운 듯 버스가 사라질 때까지 자리를 지켰다. 의심할 여지가 없었다. 여자는 지금 잘생긴 신부와 이루어질 수 없는 사랑을 하고 있는 것이다. 여자가 침울한 얼굴로 대합실을 나서는 게 보였다. 나는 여자의 뒤를 바짝 따랐다. 그리고 용기를 내어 말을 걸었다.

"현세에 이루지 못할 인연 때문에 안타까워하고 계시는군요!"

"네? 뭐라고요?"

"태어나 처음으로 마음을 뒤흔든 남자를 만났는데, 이루어질 수 없는 사이라니! 아, 이 얼마나 얄궂은 인연이란 말인가!"

"도대체 무슨 소릴 하고 싶은 거예요?"

"아가씨 얼굴에 다 쓰여 있습니다. 전생의 악연이 현세에 다시 만났으니, 이루어질 수 없는 것이 당연합니다. 혹시, 악연을 진짜 인연으로 만들고 싶은 마음은 없으십니까?"

내가 생각하기에도 꽤 괜찮은 구라였다. 하지만 여자의 표정이 영 시큰둥했다. 아, 또 잘못 짚은 건가? 하지만 여자의 대답은 표정과 달리 아주 만족스러웠다.

"당연히 있죠. 그럼 제가 뭘 어떻게 해야 하나요?"

"먼저 전생의 악연을 끊어내야 합니다. 그래야 진짜 인연으로 바꿀 수 있습니다. 그러니 일단, 저희 신당에 가셔서 함께 방법을 연구해봅시다."

"좋아요. 한번 가보죠. 근데 먼저 이걸 보고 가시는 게 좋을 것 같네요."

여자가 해맑은 얼굴로 신분증 하나를 보여줬다. 남자연 경위? 맙소사! 그제야 나는 상황을 파악했다. 바로 튀어 달아나려 했지만, 이미 남자연 경위는 내 팔을 낚아채 수갑을 채워버렸다. 젠장! 아무래도 나는 젊은 신부의 말처럼, 사람 보는 눈이 더럽게 없는 놈인지도 모르겠다.

작가의 말

　회사라는 곳에 꽤 오래 다니다가 자의반 타의반으로 그만두고 무작정 글을 쓰기 시작했습니다. 그렇다고 글이 너무 쓰고 싶어서, 쓰지 않으면 견디지 못할 것 같아서 쓰기 시작했던 것은 아닙니다. 10년이 넘는 직장생활을 하는 동안 내가 얼마나 형편없는 조직원이었는지 충분히 확인했고, 부지불식중에 난독증이 왔고, 정말 아무것도 하고 싶지 않은 무기력증까지 찾아왔기 때문에 그저 뭐라도 해야겠다는 생각에 쓰기 시작했던 겁니다. 무작정 글을 쓰고, 혼자 산책을 하고, 도서관에서 숨 막히는 공기를 마시며 시간을 마냥 흘려보냈습니다. 그렇게 아무도 개입할 수 없는 나만의 시간을 견디다 보니 하고 싶은 것들이 하나둘씩 생겨났고, 불안하고 혼란스럽던 마음도 조금씩 가라앉았습니다. 하지만 시간이 더 많이 흐른 지금도 나 자신을 온전히 이해하고, 제대로 바라보는 일은 결코 쉬운 일이 아닌 것 같습니다. 나를 보는 일조차도 이렇게 어려운데 내가 아닌 타인을 제대로 바라보고 이해하는 일은 또 얼마나 어려운 걸까요?

이 이야기의 주인공 테오는 너무도 특별해서 있는 그대로 바라보고 이해하기 어려운 인물입니다. 누가 봐도 두려울 정도로 비극적인 인물이기 때문입니다. 그 비극적인 인물을 바라보는 사람들의 시선 역시 같은 듯 모두 다르고 다른 듯 모두 같습니다. 그래서 관찰자들의 시선으로 테오라는 인물을 바라보고 싶었는지도 모르겠습니다. 재미있는 것은 테오를 바라보는 관찰자들은 사실 테오의 진짜 모습에는 별로 관심이 없다는 것입니다. 그저 그들이 바라본 테오의 모습에서 자신의 모습을 확인하고 싶어 할 뿐입니다. 어쩌면 인간은 애시당초 진실에는 별로 관심이 없는 존재인지도 모르겠습니다.

누군가를 있는 그대로 바라보는 일은 그래서 어렵습니다. 한 사람을 온전히 바라보고 이해하는 일은 끝없는 자기 검열과 자기모순을 견뎌내야 가능하기 때문입니다. 또한, 어떤 이의 실체를 제대로 확인하기 위해서는 자기 자신의 실체 또한 드러낼 수밖에 없습니다. 그래서 우리는 아는 듯 모르게 그렇게 매번 눈을 감아버립니다. 속담 속에 등장하는 검은 고양이처럼.

검은 고양이 눈 감은 듯
: 검은 고양이가 눈을 떴는지 감았는지 얼른 보아 알아보기 어렵다는 뜻

으로 경계가 뚜렷하지 않아 분간하기 어려움을 비유적으로 이르는 말.
속담.

어쩌면 우리 모두는 서로의 실체를 감추기 위해 검은 고양이처럼
눈을 감고 싶은지도 모르겠습니다. 이 소설을 읽는 그대가 한 번쯤
은 감았던 눈을 뜰 수 있기를 무심코 바라며…… 무심한 글을 마칩
니다.

2018년 8월
조경아

제14회 세계문학상 우수상
3인칭 관찰자 시점

초판 1쇄 발행 2018년 9월 5일
초판 3쇄 발행 2019년 5월 27일

지은이 조경아
펴낸이 이수철
본부장 신승철
주 간 하지순
교 정 박기효
디자인 오세라
마케팅 안치환
관 리 전수연

펴낸곳 나무옆의자
출판등록 제396-2013-000037호
주소 서울시 마포구 성미산로1길 67 다산빌딩 3층 (03970)
전화 02) 790-6630 팩스 02) 718-5752

페이스북 www.facebook.com/namubench9
인쇄 제본 현문자현 종이 월드페이퍼

© 조경아, 2018

ISBN 979-11-6157-041-9 03810